PETITE BIBLIOTHÈQUE DE L'AMOUREUX

Du même auteur

Land Art, Éditions Carré, 1993 ; nouvelle édition revue et augmentée, 2012.

Land Art Travelling, ERBA, coll. Collection 222, 1996.

Patrick Tosani, Éditions Hazan, 1997.

Le Principe de l'axolotl & suppléments, Actes Sud, 1998 ; nouvelle édition revue et augmentée, 2011.

Nature, art, paysage, Actes Sud/ENSP, 2001.

Amitier, Desclée de Brouwer, coll. DDB Philosophie, 2002 ; rééd. Éditions du Félin, coll. Le Félin poche, 2008.

Notes sur la nature, la cabane et quelques autres choses, Éditions du Félin, 2005.

La Nature dans l'art sous le regard de la photographie, Delpire/Actes Sud, coll. Photo poche, 2005 ; nouvelle édition, 2010.

Emmanuel Hocquard, Seghers, coll. Poètes d'aujourd'hui, 2006.

Finis terræ : imaginaires et imaginations cartographiques, Bayard, coll. Le rayon des curiosités, 2007.

Paysages et jardins divers, Éditions MIX, coll. Blancs, 2008.

Courts-circuits, Éditions du Félin, coll. Les marches du temps, 2008.

Dans la vallée : biodiversité, art et paysage, en collaboration avec Gilles Clément, Bayard, 2009.

Les Objets photographiques de Patrick Tosani, avec un entretien entre Patrick Tosani et Michel Poivert, Flammarion, 2011.

Pour une république des rêves, Les Presses du réel, coll. Œuvres en société, 2011.

Aimer : une histoire sans fin, Flammarion, coll. Sens propre, 2013.

PETITE BIBLIOTHÈQUE DE L'AMOUREUX

Textes choisis et présentés
par Gilles A. Tiberghien

Champs classiques

Ouvrage publié sous la direction
de Benoît Chantre.

ISBN : 978-2-0812-6086-3

Introduction

L'amour est toujours une aventure profondément bouleversante ; ce qui en fait une menace éventuelle pour l'individu et un scandale pour tout ordre établi. L'amour est une force révolutionnaire qu'aucune organisation ne peut contrôler, quelle que soit son obédience. Il nous donne une énergie incomparable qui peut nous porter à des extrémités que nous ne soupçonnions pas. Il nous confronte parfois violemment à la vie et à la mort, nous permet d'affronter les situations les plus dégradantes ou les plus ridicules, mais il peut aussi nous anéantir au point de nous retirer cette envie de vivre qu'il nous avait pourtant communiquée au plus haut point.

Roland Barthes, dans son livre *Fragments d'un discours amoureux*, notait que ce discours-là était d'une « extrême solitude », et qu'il était « entraîné par sa propre force dans la dérive de l'inactuel ». Façon de dire qu'il n'était pas – ou plus – de mode de s'y intéresser et que son affirmation même déjouait toute théorisation – et plus encore peut-être, toute « philosophie de l'amour [1] ». Ce que, bien avant Barthes, Günther Anders, au sortir de la

1. « [...] il ne faut pas, dit un mathématicien, "sous-estimer la puissance du hasard à engendrer des monstres" ; le monstre, en l'occurrence, eût été, sortant d'un certain ordre des figures, une "philosophie de l'amour", là où il ne faut attendre que son affirmation ». Roland Barthes, *Fragments d'un discours amoureux*, 1977.

guerre, pouvait constater à sa manière lorsqu'il écrivait : « Nous nous gaussons de nos ancêtres qui, il y a cinquante, soixante-cinq, cent ans, attribuaient à l'amour une place prépondérante et l'élevaient au rang de philosophie ou de religion ; mais c'est sans doute un peu trop facile. Car nous n'avons pas de philosophie de l'amour… pas même une doctrine minimale, j'entends : dans nos philosophies explicites ou implicites, nous avons tout simplement *laissé tomber l'amour.* [1] »

Aujourd'hui, on a un peu l'impression que la tendance s'est inversée : beaucoup de livres écrits par des philosophes paraissent sur le sujet, et on peut se demander si l'intérêt renouvelé pour la morale, après la remise en question des grands systèmes politiques, ne trouve pas là une sorte de rééquilibrage dans la mesure où l'amour serait une façon « interne » de comprendre et d'aborder la vie sociale. Il constituerait ainsi un filtre plus ou moins opaque à travers lequel régler nos conduites, en lieu et place d'une loi trop abstraite qui ne le permettrait plus guère et que la violence à laquelle nos sociétés nous exposent nous intime de fabriquer pour préserver une articulation vivable entre la sphère publique et le monde privé de nos affects.

Quoi qu'il en soit, la philosophie n'a jamais cessé de prendre en charge la question de l'amour, à commencer par Platon, qui, dans le *Phèdre,* le situe au centre même du processus de la réflexion philosophique. Grâce à l'amour, et à travers la contemplation de la beauté de celle ou de celui qui nous attire et que nous aimons, nous accédons à un savoir essentiel. Ce que mettait en évidence Platon, par-delà sa propre théorie philosophique,

---

1. Günther Anders, *Aimer hier : notes pour une histoire du sentiment (New York, 1947-1949)*, traduit de l'allemand par Isabelle Kalinowski, Fage, 2012.

c'est que l'amour n'est pas seulement d'ordre privé, et que, dans la mesure où il nous concerne tous, il est une question universelle. Mais surtout, que loin de se réduire à une affaire « sentimentale », il est un ferment intellectuel, il donne à penser, produit des réflexions et des œuvres, ou, comme il le dit encore dans *Le Banquet,* il « enfante de beaux discours ».

Mais de quels genre sont-ils, ces « beaux discours », dont on nous apprend très tôt à nous méfier, en raison, précisément, de leur pernicieux pouvoir de séduction ? La séduction, en effet, c'est ce qui nous attire et ce qui nous repousse à la fois, ce qui nous laisse soupçonner le calcul, l'absence de spontanéité, le « détournement », et ce qui pourtant permet d'éveiller en nous, en l'autre, l'intérêt, voire le désir. Au nom de la vérité supposée des sentiments, on voudrait se garder de séduire ou d'être séduit, en supposant toujours l'être véritable derrière les apparences trompeuses alors que c'est peut-être bien en elles et à travers elles seulement que se manifeste la prétendue vérité du sentiment [1].

C'est bien, en effet, au nom d'une certaine idée de l'amour que la littérature, la poésie, l'art ont pu nous faire vivre le rapport amoureux d'une façon rien moins que spontanée ou « naturelle ». Les rôles joués par les hommes et les femmes dans cette histoire de l'amour et de ses représentations sont complexes et dépendent de l'état des civilisations où ils vivent et ont vécu, même si certains modèles auxquels nous nous conformons toujours perdurent malgré les changements d'époque. Mais

1. Voir Søren Kierkegaard, *Le Journal du séducteur,* qui développe une stratégie très élaborée de la séduction. On se rappelle aussi le fameux mot de Nietzsche : « Nous ne croyons plus que la vérité soit encore la vérité dès qu'on lui retire son voile », *Le Gai Savoir,* traduit de l'allemand par Pierre Klossowski, 10/18, 1973.

quels que soient ces modèles, toutes ces civilisations ont célébré l'amour sous les formes les plus variées donnant au *simple* désir – sur la simplicité duquel on n'a pas manqué de s'interroger – sa véritable dimension érotique, sous sa forme la plus *cultivée* pour mieux le satisfaire par ce détour même et affirmer ainsi le caractère essentiellement séducteur de l'amour.

Composer une anthologie sur l'amour qui en appelle à notre goût et à nos choix personnels est une entreprise délicate, car il ne s'agit pas de rassembler les textes les plus significatifs sur la question, d'un point de vue littéraire ou philosophique, par exemple [1], ce dernier exercice présentant, lui aussi, d'autres difficultés que je ne méconnais pas. Le résultat, en tout cas, traduit nécessairement une certaine expérience esthétique et intellectuelle qui préside au choix de certains textes et en exclut fatalement d'autres, si bien que la question concerne presque plus, au moins pour le responsable du choix, ce qui a été écarté que ce qui a été conservé.

Ce qui reste, c'est un peu comme si nous l'offrions au lecteur en cherchant ainsi à lui dire quelque chose dont nous ne sommes pas forcément vraiment conscients. Mais qu'on ne s'y trompe pas, le destinataire est anonyme – et même si secrètement il ne l'est pas, cela n'y change rien. Le livre imprimé ne lui appartient déjà plus. Il demeure une invitation au partage qui engage si peu que ce soit celui qui nous y invite, l'expose aussi du même coup, si bien que l'on comprendra qu'il se dissimule dans cette exposition même en multipliant les fausses pistes et en jouant de ses inclinations les plus contradictoires. À chacun d'y trouver une cohérence.

1. C'est le cas du recueil d'Éric Blondel, *L'Amour*, Flammarion, G.F. « Corpus », 1998.

Les textes qui sont ici rassemblés traitent tel ou tel aspect de l'amour, sous des angles assez différents, suivant les auteurs et les types de discours en jeu. Poètes, philosophes, romanciers ont été mis à contribution de la même façon pour rendre compte d'une expérience commune à tous mais qui nous laisse souvent muets quant au sens que nous pourrions lui donner. Car les amoureux, par ailleurs souvent si loquaces, échangent des paroles qui produisent plus de *confusion* que de signification, dans la mesure où leur manque la distance requise pour cela. Dire l'amour, le penser, ce n'est possible que dans un certain isolement, ou dans ce retrait particulier, ménagé par les corps des amants : là il peuvent dire et faire en même temps l'amour, comme on avance, d'un seul mouvement, découverts et masqués, sur un territoire qu'ils *inventent* à mesure qu'ils le décrivent.

Les mots et l'amour s'efforcent de s'associer dans une distance jamais tout à fait abolie entre eux. Ce qui les rend d'autant plus désirables, c'est que les énoncés du discours, comme les gestes du corps, demeurent respectivement dans leur régime propre, tout en cherchant chez l'autre une sorte d'équivalent du leur. On comprendra alors que, parmi tous les textes dont je pouvais disposer, j'aie choisi ceux qui portaient à la langue une attention particulière en raison du plaisir intellectuel et esthétique que l'on peut retirer de leur lecture. J'ai laissé de côté les théories qui prétendent nous dire la vérité sur la question car, plus importantes que les réponses qu'ils pourraient nous apporter, ce sont les questions qu'ils posent qui m'ont intéressé.

La philosophie, dans ce domaine, n'a pas nécessairement l'avantage ; toutes sortes d'autres façons de théoriser sont possibles, et la manière qu'ont les artistes, les écrivains, les poètes de penser n'est pas la moins pénétrante en ce domaine. Mais, comme le dit Proust,

« l'impression est pour l'écrivain ce que l'expérimentation est pour le savant, avec cette différence que chez le savant le travail de l'intelligence précède et chez l'écrivain vient après [1] ». Or, dans les choses de l'amour, il est difficile de se faire une idée *a priori* ou, inversement, de se fonder sur une somme d'observations *a posteriori* pour en tirer de prétendues lois du psychisme. Même les philosophes les plus systématiques ne nous intéressent vraiment quand ils parlent de l'amour que lorsqu'ils semblent éprouver en les écrivant les conclusions qu'ils nous livrent, ce dont seul le style de leur écriture peut nous donner le sentiment.

Mais le style ne dit pas ici autre chose que la manière dont une pensée est portée par la phrase dans le moment même où elle déroule ses conclusions, comme une vague qui vient progressivement mourir au terme d'un raisonnement que l'on se fera fort de recomposer rétrospectivement dans la rigoureuse articulation de ses parties. Écrire sur l'amour suppose de faire résonner en nous des affects dont on s'efforce de trouver la formulation pour en développer les possibles et non pour en exprimer l'expérience vécue. Lorsque c'est le cas, l'intérêt reste limité à un cercle de proches, ou alors la transformation est telle que cette expérience, devenue méconnaissable pour celui qui l'a vécue, peut désormais intéresser tout un chacun.

C'est ce qu'exprime encore si bien Proust dans *Le Temps retrouvé* lorsqu'il écrit : « Certes, ce que j'avais éprouvé dans ces heures d'amour, tous les hommes l'éprouvent aussi. On éprouve mais ce qu'on a éprouvé est pareil à certains clichés qui ne montrent que du noir tant qu'on ne les a pas mis près d'une lampe, et qu'eux aussi il faut regarder à l'envers : on ne sait pas ce que c'est

1. Marcel Proust, *Le Temps retrouvé*, 1927.

tant qu'on ne l'a pas approché de l'intelligence. Alors seulement quand elle l'a éclairé, quand elle l'a intellectualisé, on distingue, et avec quelle peine, la figure de ce qu'on a senti [1]. »

Cette intelligence n'a nul besoin d'être conceptuelle. Elle manque d'ailleurs souvent aux philosophes dont *l'esprit de géométrie*, pour parler comme Pascal, peut être hypertrophié et exige d'ordonner logiquement des réalités qui obéissent en fait à des mouvements contradictoires que ne gouverne ni le principe d'identité ni celui du tiers exclu. C'est *l'esprit de finesse*, doué d'« une souplesse de pensée qu'il applique en même temps aux diverses parties aimables de ce qu'il aime [2] », qui leur fait défaut. Ainsi l'amour et la raison, une raison sensible au cœur, ne sont nullement incompatibles, « car l'amour et la raison n'est qu'une même chose. C'est une précipitation de pensées qui se porte d'un côté sans bien examiner tout, mais c'est toujours une raison, et l'on ne doit et on ne peut pas souhaiter que ce soit autrement, car nous serions des machines très-désagréables. N'excluons donc point la raison de l'amour, puisqu'elle en est inséparable [3] ».

Une anthologie est une collection de textes, prélevés le plus souvent sur l'ensemble auquel ils appartiennent mais auquel on prend soin aussi de renvoyer pour restituer le contexte de leur publication. *A priori*, j'aime mieux découvrir ces « morceaux choisis » au fur et à mesure de mes lectures, les annoter en marge et me déplacer avec leur forme mentale dans mon esprit, qui

---

1. *Ibid.*

2. « Des yeux, poursuit Pascal, il va jusques au cœur, et par le mouvement du dehors il connaît ce qui se passe au dedans. Quand on a l'un et l'autre esprit tout ensemble, que l'amour donne de plaisir ! » Blaise Pascal, *Discours sur les passions de l'amour*, 1652-53.

3. *Ibid.*

varie au gré de mes lectures et suivant les fluctuations de ma mémoire. Pourtant, ainsi assemblés, ils composent désormais un nouveau texte qui n'est pas sans évoquer une exposition offerte au regard et à l'appréciation esthétique et intellectuelle des autres. Le rapport de ces textes entre eux, leur ordre d'apparition dans le livre, les effets de sens inédits que leur voisinage peut éventuellement produire, tout cela, finalement, donne à cette entreprise une dynamique intellectuelle qui en fait une sorte de « machine à lire », comme l'est au fond toute bibliothèque, petite ou grande.

On insiste aujourd'hui beaucoup sur la notion de montage, empruntée au cinéma mais aussi à l'histoire de l'art à travers l'œuvre d'Aby Warburg. Un terme qui conviendrait également assez bien pour décrire, au moins en partie, ce qu'est une anthologie. Car l'ensemble de ces textes, mis bout à bout, produit un discours que permet de démonter et de remonter un parcours discontinu, rendu possible par ces diverses entrées. Le lecteur peut ainsi les varier et les combiner pour lui-même suivant les affinités qu'il perçoit entre elles, se faisant ainsi l'auteur improvisé d'un florilège qui lui appartient désormais. De son côté, le responsable de ce choix nous livre probablement une réflexion plus personnelle qu'il ne le soupçonne lui-même, si son intention, comme celle de Benjamin avec son recueil sobrement intitulé *Allemands : une série de lettres*, n'est pas, comme le disait Adorno, « d'écrire sa propre philosophie, mais d'en faire le montage, à partir de matériaux qui parleraient d'eux-mêmes [1] » sans qu'il les interprète. Ainsi l'auteur comme

1. Ce qu'Adorno présentait dans sa préface à *Allemands* comme un « idéal » pour Benjamin dans les dernières années de sa vie. Walter Benjamin, *Allemands : une série de lettres*, traduit de l'allemand par Georges-Arthur Goldschmidt, P.O.L/Hachette, 1979.

le lecteur, héritiers d'un temps où l'on ne voulait plus croire à l'amour, comme Barthes l'avait signalé, mais contemporains d'une époque où, à l'inverse, son évocation passe parfois pour une forme d'incantation un peu vide, peut-il recomposer pour lui-même, à partir de ces fragments réarrangés, un nouveau discours amoureux.

Gilles A. Tiberghien

I

IDÉES DE L'AMOUR

Chacun se fait une certaine idée de l'amour et met derrière ce mot des attentes, des espoirs, des rêves assez différents. Tout le monde a vécu, à quelque degré que ce soit, une expérience amoureuse. On sait qu'un enfant totalement privé d'amour meurt, si bien que même les plus mal aimés d'entre nous sont les survivants d'un amour ancien, peut-être perdu, mais néanmoins inscrit en lui.

Ces idées, si singulières nous semblent-elles, n'en sont pas moins communes *pour une bonne part. Ce qui ne veut pas dire qu'elles soient pour autant banales mais qu'elles puisent aux mêmes sources, aux mêmes représentations dont nous héritons avec notre histoire personnelle et avec notre culture. Ce qui varie donc, c'est plutôt l'élaboration intellectuelle et imaginaire qui préside à leur formulation. Ainsi du mythe d'Aristophane exposé dans le* Banquet *de Platon et selon lequel les hommes et les femmes qui possédaient autrefois quatre bras et quatre jambes ont été séparés par les dieux qu'irritait leur arrogance ; depuis lors ils cherchent désespérément leur* moitié. *Un récit qui corrobore l'idée populaire de l'être aimé unique.*

Cette idée « mystique », entretenue par la société à « des fins équivoques », André Breton ne la récuse pas complètement, mais il en voit une sorte d'accomplissement dialectique dans l'idée du dernier visage aimé *qui synthétiserait, condenserait et dépasserait à la fois tous les êtres aimés. On sait à quel point la pensée de Platon jouera un rôle profond dans le christianisme et la littérature courtoise dont nous héritons largement aujourd'hui. Ce qui est très perceptible dans le* Commentaire sur le Banquet *quand Marsile Ficin écrit : « Dans l'amour réciproque il n'y a qu'une mort, mais deux résurrections, car celui qui aime meurt en lui-même une fois puisqu'il s'oublie, mais il ressuscite dans l'aimé, dès que l'aimé s'empare de lui dans une ardente pensée et il ressuscite de nouveau, lorsque dans l'aimé il se reconnaît et ne doute plus qu'il soit aimé. »*

Le discours amoureux se confond alors avec le discours religieux dans les textes les plus inspirés de la mystique arabe, juive ou chrétienne. Le texte de Raymond Lulle est troublant de ce point de vue. Certains vers sont très explicitement liés à l'histoire religieuse, d'autres le sont plus allusivement mais nous y reconduisent à travers l'usage de termes comme « espérance » ou « charité ». D'autres enfin, hors contexte, sont de purs et simples poèmes d'amour. Ainsi du vers 50 : « La proximité et l'éloignement sont choses égales pour l'Ami et l'Aimé. Car, comme le vin et l'eau, les amours de l'Ami et de l'Aimé se mêlent ; comme la chaleur et la lumière, elles s'enchaînent ; et comme l'essence et l'être, elles s'accordent et s'unissent. » Ce qui nous renvoie à la proximité entre érotique et mystique telle que Bataille a pu la penser par exemple (cf. section VII).

Cette idée d'unité, qui prévaut dans toute cette littérature, on la retrouve aussi dans le texte de Marsile Ficin qui produit une sorte de système narcissique à double entrée : « De ce fait, l'âme de l'amant devient un miroir dans lequel se reflète la figure de l'aimé, et c'est pourquoi l'aimé, en se reconnaissant dans l'amant, est lui-même porté à l'aimer. » En revanche, une Idée de l'amour *comme celle qu'Agamben esquisse ici concerne chez l'autre non pas la dimension du proche, mais bien plutôt celle du lointain, et au lieu de vouloir réduire la distance entre lui et moi, elle cherche, au contraire, à la maintenir, « jour après jour », en pleine lumière.*

1

Marsile Ficin

Marsile Ficin (1433-1499) a dirigé l'Académie néoplatonicienne de Careggi située près de Florence, en Italie, et créée par Cosme de Médicis. Poète et philosophe, il participe au mouvement de renaissance de la pensée antique au moment où l'on redécouvre le grec ancien à la suite du concile de Florence en 1435. Il traduit ainsi de nombreuses œuvres philosophiques (Platon, Aristote, Plotin, etc.) et en particulier celles de l'école néoplatonicienne. Son Commentaire sur le Banquet de Platon *est publié en 1469.*

EXHORTATION À L'AMOUR
DE L'AMOUR SIMPLE ET DE L'AMOUR RÉCIPROQUE

Quant à vous, mes amis, je vous conseille et vous supplie de vous adonner de toutes vos forces à l'Amour, qui est une chose vraiment divine. Ne vous effrayez pas de ce qu'ils font dire à Platon à propos d'un certain amant. « Cet amant, dit-il, est une âme morte dans son propre corps et vivante dans le corps d'un autre [1]. » Ne vous laissez pas non plus troubler par le chant d'Orphée sur

1. PLATON, *Phèdre,* 248 c.

l'amère et misérable condition des amants [1]. S'il vous plaît, écoutez plutôt avec attention, je vous en prie, comment toutes ces choses doivent être interprétées et comment on y peut porter remède.

Platon appelle l'Amour une chose amère [2]. C'est juste, car celui qui aime meurt. Orphée lui le nomme doux-amer [3], parce que l'Amour est une mort volontaire. En tant que mort, il est amer, mais en tant que volontaire, il est doux. On dit que celui qui aime meurt, parce que sa pensée, oublieuse d'elle-même, ne pense plus qu'à celui qu'il aime. Or s'il ne pense plus à lui, il ne pense certainement plus en lui. Il s'ensuit qu'une âme ainsi affectée n'opère plus en elle-même, puisque la principale opération de l'Âme est précisément la pensée. Celui qui n'opère plus en soi-même n'est plus en soi-même, car il y a identité entre ces deux choses : exister et agir. Il n'y a pas d'existence sans opération et l'action ne dépasse pas l'existence. Personne ne peut agir où il n'y a pas d'être et partout où il y a l'être il y a l'agir. Donc, puisqu'elle n'agit pas en elle-même, l'âme de l'amant n'est pas en elle-même. Si elle n'est pas en elle-même, elle ne vit pas non plus en elle-même et ce qui ne vit pas est mort. Voilà pourquoi quiconque aime est mort à lui-même. Mais vit-il au moins dans un autre ? Assurément.

Il y a deux espèces d'Amour : l'un l'amour simple, l'autre l'amour réciproque. Il y a amour simple, quand l'aimé n'aime pas l'amant. Dans ce cas l'amant est complètement mort, car, comme nous l'avons démontré, il ne vit pas en lui-même et il ne vit pas dans l'aimé, puisque son amour est repoussé. Mais alors où vit-il ?

---

1. ORPHÉE. Cf. VIRGILE, *Géorgiques*, IV, 454-506.
2. PLATON, *Philèbe*, 46c–47a.
3. ORPHÉE. Cf. ABEL, *Orphica*, frg. 316 – MUSÉE, *Héro et Léandre*, 116.

Dans l'air, dans l'eau, dans le feu, dans la terre ou dans le corps d'un animal ? Non, car l'âme humaine ne vit pas dans un autre corps que dans un corps humain. Mais peut-être vit-il dans le corps d'un autre homme qui n'est pas aimé ? Non plus, car s'il ne vit pas dans celui dans lequel il désire si ardemment vivre, comment pourrait-il vivre dans un autre ? Par conséquent, celui qui aime sans être aimé ne vit nulle part. C'est pourquoi l'amant qui n'est pas aimé est complètement mort, et il ne revivra jamais, à moins que l'indignation le ressuscite. Par contre, quand l'aimé répond à l'amour, l'amant vit au moins en lui. Il y a là certainement quelque chose d'admirable.

Chaque fois que deux êtres s'entourent d'une mutuelle bienveillance, l'un vit dans l'autre et l'autre vit dans l'un. De tels êtres s'échangent tour à tour et chacun se donne à l'un pour recevoir l'autre. Certes nous voyons bien comment ils se donnent puisqu'ils s'oublient, mais nous ne comprenons pas comment l'un reçoit l'autre, car celui qui ne se possède pas soi-même peut encore moins en posséder un autre. Mais la vérité, c'est que l'un comme l'autre se possède lui-même et possède l'autre. L'un se possède, mais dans l'autre, et l'autre se possède, mais dans l'un. Évidemment puisque je t'aime et que tu m'aimes, je me retrouve en toi qui penses à moi et je retrouve en toi, qui le conserves, le moi que j'avais perdu par ma propre négligence et tu fais la même chose en moi.

Une autre chose encore paraît merveilleuse. Si je me retrouve par toi après m'être perdu, je me possède par toi et, si je me possède par toi, je te possède avant et plus que moi-même et je suis plus proche de toi que de moi, puisque je n'adhère à moi-même que par ton intermédiaire. C'est en cela précisément que la puissance de Vénus diffère de la violence de Mars. Voici comment la domination et l'amour diffèrent. Un empereur possède les autres par lui-même, un amant se rend maître de lui-même par un autre et chacun des amants s'éloigne de soi, se rapproche de l'autre et, mort en soi, revit dans l'autre. Dans l'amour réciproque il n'y a qu'une mort, mais deux résurrections, car celui qui aime meurt en lui-même une fois puisqu'il s'oublie, mais il ressuscite dans l'aimé, dès que l'aimé s'empare de lui dans une ardente pensée et il ressuscite de nouveau, lorsque dans l'aimé il se reconnaît et ne doute plus qu'il soit aimé. Ô heureuse mort que suivent deux vies ! Ô admirable échange, dans lequel chacun se sacrifie à la place de l'autre, en possède un autre, et ne cesse point de se posséder soi-même ! Ô gain inestimable, quand deux êtres ne font qu'un, au point que chacun d'eux par un seul, devient deux, et que, comme dédoublé, celui qui n'avait qu'une vie en a deux grâce à cette mort ! Car qui meurt une fois et ressuscite deux fois, pour une vie en acquiert deux, et pour lui-même, qui est un, se retrouve deux.

Manifestement il y a dans l'amour réciproque une vengeance très juste. L'homicide mérite la mort. Or qui pourrait nier que celui qui est aimé soit homicide, puisqu'il sépare l'âme de l'amant ? Qui pourrait nier que l'aimé à son tour meure de la même façon, puisqu'il aime de la même façon l'amant ?

Cette restitution est absolument équitable, puisque celui-ci rend à celui-là et celui-là à celui-ci l'âme qu'il a reçue. L'un et l'autre en aimant livrent leur âme et répondant à l'amour chacun pour la sienne rend l'âme d'autrui. Voilà pourquoi en stricte justice quiconque est aimé doit aimer. Celui qui n'aime pas celui qui l'aime se rend coupable d'homicide et, qui plus est, est un voleur, un homicide et un sacrilège. C'est le corps qui possède la fortune et l'âme qui possède le corps. Celui qui, par conséquent, ravit l'âme qui possède aussi bien le corps que la fortune ravit par le fait même l'âme, le corps et la fortune. Ce qui fait qu'il est digne de mort comme voleur, homicide et sacrilège, et que comme un être absolument infâme et profane, il peut être impunément tué par n'importe qui, à moins que de lui-même il se soumette à la loi en aimant celui qui l'aime. Dans ce cas, avec celui qui meurt une fois il meurt lui-même une fois et avec celui qui ressuscite deux fois il ressuscite également deux fois.

Par toutes ces raisons, il est démontré que l'aimé doit en retour aimer celui qui l'aime. Et non seulement il le doit, mais il y est contraint et en voici la preuve. La ressemblance engendre l'amour. Or la ressemblance est une qualité, qui est la même en plusieurs. Si je te suis semblable, tu m'es aussi nécessairement semblable. Par conséquent, cette même ressemblance qui me pousse à t'aimer te contraint aussi de m'aimer. En outre, l'amant s'arrache à lui-même et se donne à l'aimé. Donc l'aimé en prend soin comme d'une chose qui lui appartient, car ce qui est nôtre nous est très cher. Ajoutez à cela que l'amant grave en son âme la figure de l'aimé. De ce fait, l'âme de l'amant devient un miroir dans lequel se reflète la figure de l'aimé, et c'est pourquoi l'aimé, en se reconnaissant dans l'amant, est lui-même porté à l'aimer.

Commentaire sur le Banquet de Platon, 1469.

2

Raymond Lulle

Raymond Lulle (1232-1315) – Ramon Llull en catalan – est originaire de Majorque. Il est l'auteur d'une œuvre immense écrite en catalan, en arabe et en latin. Inventeur d'une machine logique connue sous le nom d'Ars Magna, il cherche à contrer les partisans d'Averroès et à les convaincre du bien-fondé de ses vues théologiques. « Le livre de l'Ami et de l'Aimé » constitue la cinquième partie d'un roman utopiste, Le Livre d'Evast et Blanquerna, *écrit en 1282. C'est un cantique en trois cent soixante-cinq vers : chacun correspond à un jour de l'année. On y retrouve diverses sources, le Cantique des cantiques, la poésie provençale, la mystique soufie.*

44. La propriété et la communauté se rencontrèrent et se mêlèrent pour qu'il y eût amitié et bienveillance entre l'Ami et l'Aimé.

45. Deux sont les feux qui échauffent l'amour de l'Ami : l'un est formé de désirs, de plaisirs et de méditations ; l'autre est composé de craintes, de langueurs, de larmes et de pleurs.

46. L'Ami désira la solitude, et il s'en alla vivre seul afin d'avoir la compagnie de son Aimé avec lequel il est seul parmi les hommes.

47. L'Ami était seul à l'ombre d'un bel arbre. Des hommes passèrent par ce lieu et lui demandèrent pourquoi il était seul. Et l'Ami répondit qu'il était seul dès qu'il les avait vus et entendus, mais qu'auparavant il était en compagnie de son Aimé.

48. L'Ami et l'Aimé se parlaient par signes d'amour ; et avec crainte, pensées, larmes et pleurs, l'Ami contait à l'Aimé ses languissements.

49. L'Ami craignit que son Aimé lui manquât dans ses plus grandes nécessités ; et l'Aimé retira l'amour de son Ami. L'Ami eut alors contrition et repentir dans son cœur, et l'Aimé rendit au cœur de l'Ami l'espérance et la charité, à ses yeux les larmes et les pleurs, pour que l'amour revînt en lui.

50. La proximité et l'éloignement sont choses égales pour l'Ami et l'Aimé. Car, comme le vin et l'eau, les amours de l'Ami et de l'Aimé se mêlent ; comme la chaleur et la lumière, elles s'enchaînent ; et comme l'essence et l'être, elles s'accordent et s'unissent.

51. L'Ami dit à son Aimé : « En toi est ma guérison et mon languissement ; et plus tu me guéris plus mon languissement s'accroît, et plus tu me fais languir plus tu fortifies ma santé. » L'Aimé répondit : « Ton amour est le sceau et l'empreinte par lesquels tu montres mes honneurs aux gens. »

52. L'Ami se voyait prisonnier, lié, blessé, et tué pour l'amour de son Aimé. Ceux qui le tourmentaient lui demandèrent : « Où est ton Aimé ? » Il répondit : « Le voici dans la multiplication de mes amours et dans le soutien qu'il donne à mes tourments. »

53. L'Ami dit à l'Aimé : « Je n'ai jamais fui, je ne me suis jamais séparé de ton amour depuis que je te connais, car en toi, par toi, et avec toi, j'ai toujours été. » L'Aimé répondit : « Et moi, depuis que tu me connais et que tu m'aimes, je ne t'ai jamais oublié et je n'ai jamais fait contre toi ni tromperie ni manquement. »

54. L'Ami allait par une ville, comme un fou, en chantant son Aimé ; et les gens lui demandèrent s'il avait perdu la raison. Il répondit : « Mon Aimé m'a pris ma volonté et je lui ai donné mon entendement ; il ne me reste donc que la mémoire pour me souvenir de mon Aimé. »

55. L'Aimé dit : « C'est un miracle contre l'amour que l'Ami s'endorme en oubliant son Aimé. » L'Ami répondit : « Et c'est un miracle contre l'amour que l'Aimé qui en a le désir ne réveille pas l'Ami. »

56. Le cœur de l'Ami s'éleva vers les hauteurs de l'Aimé pour ne pas être privé d'amour dans l'abîme de ce monde. Quand il fut auprès de l'Aimé, il le contempla avec douceur et plaisir, et l'Aimé le fit redescendre dans ce monde pour qu'il le contemplât dans les tribulations et les languissements.

[…]

221. L'Aimé demanda à l'Ami s'il avait de la patience. Il répondit : « Toutes les choses me plaisent, par conséquent je n'ai aucune patience à avoir ; car celui qui n'est pas maître de sa propre volonté ne peut être impatient. »

222. L'Amour se donnait à qui la voulait ; et comme elle se donnait à peu d'hommes et qu'elle ne leur inspirait pas

fortement l'amour, ainsi qu'elle avait la liberté de le faire, l'Ami se plaignait de l'Amour et l'accusa devant son Aimé. Et l'Amour s'excusa en disant qu'elle n'allait pas contre la libre volonté puisqu'elle désirait grand mérite et grande gloire à ses amants.

223. Il y eut dispute et discorde entre l'Ami et l'Amour parce que l'Ami se lassait des peines que l'Amour lui faisait endurer. Et il était question de savoir si c'était par la faute de l'Amour ou par celle de l'Ami. Et ils vinrent au tribunal de l'Aimé qui punit l'Ami avec des languissements et le récompensa en multipliant son amour.

224. Il fut question de savoir si l'Amour était plus près de la pensée que de la patience. L'Ami résolut la question et dit que l'Amour est engendrée dans les pensées et se soutient dans la patience.

225. L'Ami a pour voisins les nobles comportements de l'Aimé, et l'Aimé a pour voisins les pensées de son Ami, les peines et les pleurs qu'il supporte par amour.

226. La volonté de l'Ami voulut s'élever très haut pour aimer davantage son Aimé et elle ordonna à l'entendement de s'élever de toutes ses forces ; l'entendement l'ordonna à la mémoire, et tous trois s'élevèrent à la contemplation de l'Aimé en ses honneurs.

227. La volonté de l'Ami le quitta et se donna à l'Aimé. Et celui-ci emprisonna la volonté dans l'Ami pour être aimé et servi par lui.

228. L'Ami disait : « Que mon Aimé ne croie pas que je me suis séparé de lui pour donner mon amour à un

autre, car l'Amour m'a entièrement attaché à mon seul Aimé. » L'Aimé répondit et dit : « Que mon Ami ne croie pas que je ne suis aimé et servi que par lui, car j'ai beaucoup d'amants qui m'aiment plus fortement et plus longuement que lui. »

Le Livre de l'Ami et de l'Aimé, 1282.

3
André Breton

Pour André Breton (1896-1966), chef de file et principal théoricien du surréalisme, l'amour joua un rôle central. N'écrivait-il pas dans le Second Manifeste du surréalisme *(1930) : « Oui je crois, j'ai toujours cru que le renoncement à l'amour, qu'il s'autorise ou non d'un prétexte idéologique, est un des rares crimes inexpiables qu'un homme doué de quelque intelligence puisse commettre au cours de sa vie. »*

Reste à glisser sans trop de hâte entre les deux impossibles tribunaux qui se font face : celui des hommes que j'aurai été, par exemple en aimant, celui des femmes que toutes je revois en toilettes claires. La même rivière ainsi tourbillonne, griffe, se dévoile et passe, charmée par les pierres douces, les ombres et les herbes. L'eau, folle de ses volutes comme une vraie chevelure de feu. Glisser comme l'eau dans l'étincellement pur, pour cela il faudrait avoir perdu la notion du temps. Mais quel abri contre lui ; qui nous apprendra à décanter la joie du souvenir ?

L'histoire ne dit pas que les poètes romantiques, qui semblent pourtant de l'amour s'être fait une conception moins dramatique que la nôtre, ont réussi à tenir tête à l'orage. Les exemples de Shelley, de Nerval, d'Arnim illustrent au contraire d'une manière saisissante le conflit qui va s'aggraver jusqu'à nous, l'esprit s'ingéniant à donner l'objet de l'amour pour un être *unique* alors que dans bien des cas les conditions sociales de la vie font implacablement justice d'une telle illusion. De là, je crois, en grande partie, le sentiment de la malédiction qui pèse aujourd'hui sur l'homme et qui s'exprime avec une acuité extrême à travers les œuvres les plus caractéristiques de ces cent dernières années.

Sans préjudice de l'emploi des moyens que nécessite la transformation du monde et, par là, notamment, la suppression de ces obstacles sociaux, il n'est peut-être pas inutile de se convaincre que cette idée de l'amour unique procède d'une attitude mystique – ce qui n'exclut pas qu'elle soit entretenue par la société actuelle à des fins équivoques. Pourtant je crois entrevoir une synthèse possible de cette idée et de sa négation. Ce n'est pas, en effet, le seul parallélisme de ces deux rangées d'hommes et de femmes que tout à l'heure j'ai feint de rendre égales arbitrairement, qui m'incite à admettre que l'intéressé – dans tous ces visages d'hommes appelé pour finir à ne reconnaître que lui-même – ne découvrira pareillement dans tous ces visages de femmes qu'un visage : le *dernier* visage aimé. Que de fois, par ailleurs, j'ai pu constater que sous des apparences extrêmement dissemblables cherchait de l'un à l'autre de ces visages à se définir un trait commun des plus exceptionnels, à se préciser une attitude que j'eusse pu croire m'être soustraite à tout jamais ! Si bouleversante que demeure pour moi une telle hypothèse, il se pourrait que, dans ce domaine, le jeu de substitution d'une personne à une autre, voire à plusieurs autres, tende à une légitimation de plus en plus forte de l'aspect physique de l'être aimé, et cela en raison même de la subjectivation toujours croissante du désir. L'être aimé serait alors celui en qui viendraient se composer un certain nombre de qualités particulières tenues pour plus attachantes que les autres et appréciées séparément, successivement, chez les êtres à quelque degré antérieurement aimés. Il est à remarquer que cette proposition corrobore, sous une forme dogmatique, la notion populaire du « type » de femme ou d'homme de tel individu, homme ou femme, pris isolément. Je dis qu'ici comme ailleurs cette notion, fruit qu'elle est d'un jugement collectif éprouvé, vient heureusement en corriger une autre, issue d'une de ces innombrables prétentions idéalistes qui se sont avérées, à la longue, intolérables.

L'Amour fou, 1937.

4

Giorgio Agamben

Idée de la prose *(1988) est un essai philosophique en trois parties, composé de petits textes, à la fois littéraires et philosophiques, d'une longueur de quelques pages, qui portent tous le titre d'« idée » (« idée de l'enfance », « idée de l'unique », « idée du silence »...). Une manière d'écrire qui fait penser à Walter Benjamin, dont Giorgio Agamben au début fut l'éditeur en Italie.*

Idée de l'amour

Vivre dans l'intimité d'un être étranger, non pour le rendre plus proche ou le connaître, mais pour qu'il demeure étranger, lointain et même inapparent, au point que son nom le contient tout entier. Puis jour après jour, jusque dans le malaise, n'être rien d'autre que le lieu toujours ouvert, la lumière impérissable au sein de laquelle cet être unique, cette chose demeure à jamais exposée, emmurée.

Idée de la prose, 1988.

II

LE VISIBLE ET L'INVISIBLE

L'amour est un secret que celui qui aime passe son temps à essayer d'élucider. Pourquoi tombons-nous amoureux, pourquoi de cette personne-ci plus particulièrement ? Qu'est-ce qui me plaît chez elle ? Pourquoi malgré tout ce qui me rebute, m'agace, m'effraye, est-ce que je tiens à elle ? En quoi moi-même suis-je aimable alors que je me trouve parfois si dépourvu de qualités ? Comme dit Valéry dans ses Cahiers *: « Il doit sembler impossible que qui vous aime vous connaisse bien profondément. Le fond n'est jamais aimable. » Qui est celui que l'on aime en moi ? Derrière ma richesse, mon intelligence ou ma beauté, qu'y a-t-il encore que l'on puisse aimer ? Malgré mes disgrâces physiques, mon caractère peu amène, quelqu'un m'aime, et je me demande parfois par quel miracle.*

Ce thème du moi introuvable prend une profondeur morale et religieuse chez Pascal que l'on retrouve chez certains romanciers comme Paul Gadenne dans Siloé, *ce roman sombre et intense, qui est une sorte de* Montagne magique *à la française, où la mort plane sans cesse sur les amants et les livre à des interrogations essentielles qui ne nous effleurent en temps ordinaire qu'en période de crise. Mais, ici, à l'altitude où ils vivent, la vie raréfiée a un prix inouï et produit une tension entre eux presque intolérable. « Mais comment savoir ce qu'est l'*autre *présence quand vous êtes là vous-même, tout entière, apparence et réalité* *confondues ? » demande Simon à Ariane, la femme qu'il aime. « Et comment savoir ce qu'elle peut ? »*

À quelque degré que nous inquiètent ces questions – et il en est qu'elles inquiètent fort peu –, il n'en reste pas moins que l'autre, pour nous, reste toujours si peu que ce soit secret. Nous en faisons tous l'expérience, même ceux voués au collectionnisme amoureux et pour lesquels on pourrait penser que le corps de l'autre, homme ou femme, n'a plus de secret. Mais ceux qui cherchent inlassablement d'autres partenaires ne sont-ils pas voués au règne de l'éternelle répétition du même ? Pas nécessairement, dit Kundera, qui met en scène un personnage animé par une telle compulsion érotique, dans son roman peut-être le plus célèbre, L'Insoutenable Légèreté de l'être. *Car « on ne peut imaginer que ce qui est identique chez tous les êtres, que ce qui leur est commun. Le "moi" individuel, c'est ce qui se distingue du général, donc ce qui ne se laisse ni deviner ni calculer d'avance, ce qu'il faut d'abord dévoiler, découvrir, conquérir chez l'autre ». Si bien que la diversité de chaque être est infinie et jamais identique à celle d'un autre.*

L'être aimé garde une part de mystère parfois intolérable pour qui veut en percer le secret. L'amour est l'épreuve de cette invisibilité, de cette soustraction constitutive de notre rapport à celui ou à celle que nous aimons. Même dans la proximité la plus étroite, dans l'intimité la plus grande, il nous faut renoncer à tout voir *de l'autre, au moral comme au physique – et peut-être même à cause de cette proximité. C'est le paradoxe de la fin de* La Chartreuse de Parme, *où Clelia a fait vœu de ne plus jamais voir Fabrice. Ce qui ne l'empêche pas de faire l'amour avec lui dans l'obscurité et d'avoir un enfant, portant cet amour à un point d'incandescence ultime. Car comme le souligne Pascal Quignard dans* Vie secrète, *« on ne peut pas éclairer l'amour ; c'est même trop parler que de prétendre qu'il peut luire. L'amour ne peut que s'étreindre, écrasant la vision dans l'étreinte. Tout ce qui le soumet à la distance le désunit ».*

5
Blaise Pascal

Pascal (1623-1662), dans ce célèbre fragment des Pensées, *publiées à titre posthume pour la première fois en 1669, emboîte le pas aux moralistes qui conseillent de se méfier des apparences. Il va toutefois beaucoup plus loin qu'eux en s'interrogeant sur ce qui reste si l'on ne peut plus se fier à elles. Si les qualités morales ou physiques qui constituent mon identité aux yeux des autres disparaissent, que reste-t-il ? Postuler un moi caché ou méconnu – « tu ne sais rien vraiment de moi au fond » – n'est sans doute qu'un leurre aussi puissant que celui qui consiste à penser que l'on peut connaître l'autre ou soi-même. Le moi, celui que nous aimons et qui aime, n'est-il pas introuvable, tout compte fait ?*

688 [Lafuma] – 323 [Brunschvicg]

Qu'est-ce que le moi ? Un homme qui se met à la fenêtre pour voir les passants ; si je passe par là, puis-je dire qu'il s'est mis là pour me voir ? Non ; car il ne pense pas à moi en particulier ; mais celui qui aime quelqu'un à cause de sa beauté, l'aime-t-il ? Non : car la petite vérole, qui tuera la beauté sans tuer la personne, fera qu'il ne l'aimera plus. Et si on m'aime pour mon jugement, pour ma mémoire, m'aime-t-on ? moi ? Non, car je puis perdre ces qualités sans me perdre moi-même. Où est donc ce moi, s'il n'est ni dans le corps, ni dans l'âme ? et comment aimer le corps ou l'âme, sinon pour ces qualités, qui ne sont point ce qui fait le moi, puisqu'elles sont périssables ? car aimerait-on la substance de l'âme d'une personne, abstraitement, et quelques qualités qui y fussent ? Cela ne se peut, et serait injuste. On n'aime donc jamais personne, mais seulement des qualités. Qu'on ne se moque donc plus de ceux qui se font honorer pour des charges et des offices, car on n'aime personne que pour des qualités empruntées.

Pensées, 1669.

6

Paul Gadenne

Paul Gadenne (1907-1956) a publié Siloé *en 1941, son premier roman, où le personnage principal, Simon Delambre, tout comme l'auteur lui-même, est atteint de tuberculose et connaît, au sanatorium où il est parti se soigner, un amour initiatique avec une jeune femme prénommée Ariane. Gadenne mourra à quarante-neuf ans du même mal que son héros.*

– Un amour qui n'atteint pas son but, dit-il, quoi de plus atroce ?

– Un amour qui l'atteint trop vite.

Il la regarda, frappé, tandis qu'elle demandait :

– Qu'est-ce qu'un amour qui n'atteint pas son but ?

– Un amour… qui n'obtient pas ce qu'il désire…

– L'amour obtient-il jamais ce qu'il désire ?

Il allait dire : Est-ce impossible ? Mais elle le devança :

– Croyez-vous que l'amour soit fait pour être comblé ?… Quand l'amour est comblé, je pense qu'il engendre aussitôt quelque désir plus grand qui ne peut l'être.

– Quel désir ?

– Celui d'être comblé davantage.

– Peut-on aller plus loin que tout ?

– Tout ! Nous n'avons jamais assez de tout !

Il fut surpris par la violence avec laquelle elle avait jeté cette réponse. Elle était évidemment de celles qui n'attendent pas l'expérience pour savoir. Ils marchèrent un moment en silence, puis, cruellement, elle demanda :

– Vous ai-je consolé de la nature ?

– Comme un tourment console d'un autre tourment, dit-il.

Elle le regarda sans mot dire. Ils s'étaient avancés jusqu'à l'extrémité de la route et s'étaient engagés sur un chemin qui se perdait sous les bois. Une vague lueur semblait sortir du sol. L'air était glacé et la neige, sur les branches, était comme de la pierre. Simon s'arrêta, un peu essoufflé, et dit :

– Vous me tourmentez, vous aussi…

Elle eut un léger mouvement de recul, comme si on lui avait porté un coup, et une question s'alluma dans ses yeux.

– Vous n'êtes pas l'antidote exact de ce mal que je cherche à fuir, poursuivit-il. Vous me l'apportez, vous aussi !…

Elle feignit de ne pas le comprendre.

– Mais quel mal, Simon ?

Il se recueillit un instant, puis il dit :

– Il y a votre présence, votre voix, vos gestes, comme l'autre jour, c'est-à-dire des choses qui occupent mes yeux, mes sens, délicieusement, mais en dehors desquelles vous vous tenez peut-être. C'est d'une autre présence, c'est de vous que j'avais besoin, de vous dépouillée de tout cela qui vous rend si belle, mais qui n'est pas vous absolument…

– Qui n'est pas moi ?

– C'est peut-être un mal que nous soyons si sensibles à la beauté, à des apparences. Combien de visages de femmes nous font imaginer qu'il se passe en elles des choses sublimes – il pensait à celui qu'il venait de voir sur l'écran – simplement à cause d'un arrangement de traits harmonieux, de quelques détails… matériels en somme. Excusez-moi de vous parler ainsi, lui dit-il en lui prenant la main. Ce qui m'est cher en vous, c'est cela, mais c'est bien autre chose encore. Et dans tout cela, où êtes-vous ?

Elle comprit son anxiété et dit :

– Est-ce donc que ma présence matérielle fait tort à l'autre ?

– Votre présence n'est jamais tout à fait matérielle. Vos traits, vos yeux, votre façon d'être là, de joindre vos lèvres, cela est trop intérieur à vous pour en être séparé, et cela parle de vous comme l'empreinte laissée sur le sable parle du pied qui l'a faite. Mais comment savoir ce qu'est l'*autre* présence quand vous êtes là vous-même, tout entière, apparence et réalité confondues ? Et comment savoir ce qu'elle peut ? Celle-ci me trouble… Tenez, je ne sais pas très bien ce qu'elle change ou ce qu'elle dérange en ce moment, mais il y a bien quelque chose de changé, dit-il en s'arrêtant de nouveau devant elle. Ce n'est pas qu'elle soit moins grave que l'autre, non ; – peut-être cependant qu'il s'y mêle un peu trop de délices, d'inquiétude… oui, un léger et indéfinissable tourment qui n'existait pas tout à l'heure… Ah ! Peut-être pourriez-vous m'être éternellement invisible : peut-être ne suis-je complètement heureux que lorsque vous m'êtes invisible, oui ! Peut-être votre présence n'est-elle complète que sans votre corps… Vous revenue, c'est vrai, je pense à vous comme à une créature – à une créature qui se meut, qui est belle, que je vois, et peut-être…

– Peut-être ?…

Mais il n'alla pas au bout de sa pensée et dit :

– Peut-être arrive-t-il que cette créature-là m'empêche de voir l'autre…

– Mais l'autre est-elle plus que la première un aboutissement, Simon ? dit-elle avec douceur. Vous semblez croire que mon corps n'est pas moi ou que je ne suis pas dans mon corps. Mais cette autre créature que vous apercevez derrière lui, mérite-t-elle d'arrêter davantage vos regards ? Vous n'arrivez jamais au bout. Ce que vous aimez, ce que vous prétendez atteindre n'est-il pas simplement hors de moi ?

– Pourquoi donc hors de vous ?

– Derrière cette seconde créature, n'est-ce pas autre chose qui vous attire ?

– Mais quoi donc ?

– M'aimeriez-vous autant si vous me sentiez limitée à moi-même, si vous me sentiez « finie », si je n'étais pas pour vous une espèce de chemin sur lequel on peut aller toujours et dont on ne voit pas le terme ?...

– Non, non, dit-il, je vous aime d'être infinie, d'être liée à tout le reste – à tout ce qui nous attend de l'autre côté de la vie...

– Mais tant que je vis, reprit-elle, mon corps n'est pas plus séparable de mon âme que la droite d'un chemin ne se peut séparer de la gauche. Pas plus que le ciel ne se peut séparer de la terre pour qui regarde l'horizon.

– Oui, dit-il avec émotion, oui, vous avez raison, le ciel enveloppe la terre comme votre âme enveloppe votre corps...

– Mais la vérité n'est ni dans le ciel ni dans la terre... Il faut que l'un et l'autre restent également transparents pour permettre au regard d'aller au-delà. Lorsque mon corps vous sera aussi transparent que mon âme, alors il ne vous sera plus un obstacle.

– Oui, dit-il, oui, peut-être pourra-t-il devenir, lui aussi, un chemin... Car si la vérité n'est ni dans votre corps ni dans votre âme, j'ai pourtant besoin d'eux pour aller vers cette vérité, pour que je sente seulement qu'il y a, qu'il doit y avoir, quelque part, une vérité… Peut-être bien que vous n'êtes pas la vérité, mais sans vous la vérité n'existe plus pour moi, de même que la rive cesse d'exister quand le pont saute, et les étoiles quand l'instrument fait défaut pour les voir.

Siloé, 1941.

7
Paul Valéry

Les Cahiers *de Paul Valéry (1871-1945), écrits au quotidien entre 1894 et 1945, ont été publiés bien après la mort de leur auteur. Valéry y aborde tous les sujets qui le préoccupent avec une précision analytique impressionnante. Une section de l'édition du tome II des* Cahiers *est consacrée à « Éros ». L'auteur y fait preuve à la fois d'une lucidité parfois glacée et d'une extrême sensibilité, donnant souvent à ses réflexions sur l'état amoureux un ton d'une justesse troublante.*

Qu'y a-t-il de plus doux, mais au fond, de plus surprenant, que d'être aimé ? Et peut-être de plus inquiétant, car un esprit qui n'est point sot, doit sentir que l'on n'est recherché que pour des attraits dont soi-même on connaît trop la fragilité.

Il doit sembler impossible que qui vous aime, vous connaisse bien profondément –. Le fond n'est jamais aimable[1]. Le vrai est incompatible avec l'attrait. Nous

1. *Aj. marg. :* Qui nous aime nous connaît peu (et ne veut pas trop savoir).
[*Aj. renv. :* Il y aurait donc peut-être quelque *chose plus que l'amour* – cf. Béatrice.]

fascinons, par conséquence, au moyen d'un certain mystère qui n[ou]s appartient, mais qu'il est assez humiliant pour nous de considérer comme notre valeur éminente. Ceci donne à l'aimé une sorte de mauvaise conscience. Nous savons que l'on aime en nous une illusion que n[ou]s produisons sans le vouloir, et que nous entretenons par coquetterie, par vanité et ce goût d'être aimés, qui est le goût du pouvoir arbitraire.

Ce n'est pas *moi* que vous aimez – (Et qu'est-ce que *moi* ?) Ce n'est pas, veux-je dire, ce moi que je m'attribue, – c'est un être fait seulement de votre attente et de quelques aspects de moi-même. Cela se voit bien, par la suite de votre amour, où l'on peut observer que v[ou]s v[ou]s consumez à nier et à effacer tous les visages et les aspects de moi qui sont en désaccord avec cette Idée si conforme à votre besoin. Vous renforcez au contraire les traits qui s'y rapportent bien. Et donc, plus s'avance le temps plus différente l'idée, de son prétendu modèle.

Mais la partie inconnue, ou crue accidentelle et passagère de l'objet aimé, si celui-ci ne s'intéresse pas à la dissimuler, amène des déceptions croissantes.

Le vrai mystère de l'être aimé est celui* / l'ensemble / des caractères de cet être qui nous éloigneraient de l'aimer. – [...]

*

Éros et mystique –

On n'aime véritablement point quelqu'un *à cause* de ses qualités en soi,

à cause d'aspects universels et énumérables qu'on lui trouve – et qui attirent,

mais à cause de son *inexplicabilité*, au contraire. Aimer le plus, c'est aimer inexplicablement, en dépit de ceci et de cela – c'est créer soi-même les motifs que l'on croit devoir avoir pour aimer cet être. La joie de cette création, sa fragilité *apparente* qui a raison pourtant de l'évidence.

Aimer, c'est subir un acte positif que l'on accomplit et plus énergique est l'acte, plus il trouve de résistances dans le fait, plus [nous] le faisons à regret et d'enthousiasme, plus n[ou]s aimons. Et c'est en quoi l'amour peut être semblable à une mystique, avec tous les caractères d'une mystique ; jusqu'aux reproches que se fait le patient, d'aimer moins à tels instants.

Cahiers, tome II.

8

Milan Kundera

Milan Kundera, né en 1929 en Tchécoslovaquie, a obtenu la nationalité française en 1981 après avoir émigré en France. Si la traduction de La Plaisanterie *(1968, retraduit en 1980) le fait connaître à l'Ouest,* L'Insoutenable Légèreté de l'être *(1982) est sans doute le roman qui fera le plus pour sa renommée internationale. Les thèmes de l'amour profond et du plaisir léger, opposés et mêlés à la fois, sont au centre du livre à travers l'histoire du héros, Tomas, médecin volage mais sensuel et tendre, partagé entre ses désirs pluriels et l'amour d'une femme pour laquelle il va finir par renoncer à tout le reste.*

Quand ses amis lui demandaient combien de femmes il avait eues, il faisait une réponse évasive et, s'ils insistaient, il disait : « Ça doit faire dans les deux cents. » Quelques envieux affirmaient qu'il exagérait. Il se défendait : « Ça ne fait pas tant que ça. Mes rapports avec les femmes durent à peu près depuis vingt-cinq ans. Divisez deux cents par vingt-cinq. Vous verrez que ça fait à peu près huit femmes nouvelles par an. Ce n'est pas tellement. »

Mais depuis qu'il vivait avec Tereza, son activité érotique se heurtait à des difficultés d'organisation ; il ne pouvait lui réserver (entre la salle d'opération et son foyer) qu'une étroite bande de temps qu'il exploitait certes intensément (comme l'agriculteur de montagne cultive avec assiduité son étroite parcelle) mais qui ne pouvait se comparer à l'espace de seize heures dont il avait soudain reçu l'aubaine. (Je dis seize, car même les huit heures pendant lesquelles il lavait les carreaux offraient mille occasions de faire la connaissance de nouvelles vendeuses, employées ou ménagères et de prendre rendez-vous.)

Que cherchait-il chez toutes ces femmes ? Qu'est-ce qui l'attirait chez elles ? L'amour physique n'est-il pas l'éternelle répétition du même ?

Nullement. Il reste toujours un petit pourcentage d'inimaginable. Quand il voyait une femme tout habillée, il pouvait évidemment s'imaginer plus ou moins comment elle serait une fois nue (ici son expérience de médecin complétait l'expérience de l'amant), mais entre l'approximation de l'idée et la précision de la réalité il subsistait une petite lacune d'inimaginable, et c'était cette lacune qui ne le laissait pas en repos. Et puis, la poursuite de l'inimaginable ne s'achève pas avec la découverte de la nudité, elle va plus loin : quelles mines ferait-elle en se déshabillant ? que dirait-elle quand il lui ferait l'amour ? sur quelles notes seraient ses soupirs ? quel rictus viendrait se graver sur son visage dans l'instant de la jouissance ?

L'unicité du « moi » se cache justement dans ce que l'être humain a d'inimaginable. On ne peut imaginer que ce qui est identique chez tous les êtres, que ce qui leur est commun. Le « moi » individuel, c'est ce qui se distingue du général, donc ce qui ne se laisse ni deviner ni calculer d'avance, ce qu'il faut d'abord dévoiler, découvrir, conquérir chez l'autre.

Tomas, qui pendant les dix dernières années de son activité médicale s'était occupé exclusivement du cerveau humain, savait qu'il n'est rien de plus difficile à saisir que le « moi ». Entre Hitler et Einstein, entre Brejnev et Soljenitsyne, il y a beaucoup plus de ressemblances que de différences. Si on pouvait l'exprimer arithmétiquement, il y a entre eux un millionième de dissemblable et neuf cent quatre-vingt-dix-neuf mille neuf cent quatre-vingt-dix-neuf millionièmes de semblable.

Tomas est obsédé du désir de découvrir ce millionième et de s'en emparer et c'est cela, à ses yeux, le sens de son obsession des femmes. Il n'est pas obsédé par les femmes, il est obsédé par ce que chacune d'elles a d'inimaginable, autrement dit, par ce millionième de dissemblable qui distingue une femme des autres.

(Peut-être que sa passion de chirurgien rejoignait ici sa passion de coureur. Il ne lâchait pas le scalpel imaginaire, même quand il était avec ses maîtresses. Il désirait s'emparer de quelque chose qui était profondément enfoui à l'intérieur d'elles-mêmes, ce pour quoi il fallait déchirer leur enveloppe superficielle.)

On est évidemment en droit de se demander pourquoi il n'allait chercher que dans la sexualité ce millionième de dissemblable. Ne pouvait-il le trouver, par exemple, dans leur démarche, dans leurs goûts culinaires ou dans leurs préférences esthétiques ?

Bien entendu, ce millionième de dissemblable est présent dans tous les domaines de la vie humaine, seulement il y est partout publiquement dévoilé, on n'a pas besoin de le découvrir, on n'a pas besoin de scalpel. Qu'une femme préfère le fromage aux pâtisseries et qu'une autre ne supporte pas le chou-fleur, c'est certes un signe d'originalité, mais on voit immédiatement que cette originalité-là est tout à fait insignifiante et vaine et qu'on perdrait son temps en s'y intéressant et en y cherchant une valeur quelconque.

C'est seulement dans la sexualité que le millionième de dissemblable apparaît comme une chose précieuse, car il n'est pas accessible publiquement et il faut le conquérir. Il y a encore un demi-siècle, ce genre de conquête exigeait beaucoup de temps (des semaines, parfois même des mois !) et la valeur du conquis se mesurait au temps consacré à le conquérir. Même aujourd'hui, bien que le temps de la conquête ait considérablement raccourci, la sexualité apparaît toujours comme le coffret d'argent où se cache le mystère du moi féminin.

C'était donc non pas le désir de volupté (la volupté venait pour ainsi dire en prime) mais le désir de s'emparer du monde (d'ouvrir au scalpel le corps gisant du monde) qui le jetait à la poursuite des femmes.

L'Insoutenable Légèreté de l'être, 1982.

9

Pascal Quignard

Pascal Quignard, né en 1948, est poète, essayiste et romancier. Il publie Vie secrète *en 1998, un ouvrage difficilement classable, qui mêle fiction et essai et tourne entièrement autour du thème de l'amour et de son mystère. « Partout l'âme est un secret, écrit-il. Ce qui se montre est un corps. Ce qui se cèle est une âme. Un homme qui dit son nom secret n'a plus d'âme. »*

CLELIA

Les amants, pour constituer la communauté la plus intense qui puisse surgir dans ce monde, rejetant loin derrière elle la solidarité familiale ou sociale, remplacent la scène hallucinée dans les rêves, la nuit, par la figuration elle-même de l'étreinte dans la lumière, dans la nuit qui s'arrache au sommeil et à l'image, dans la nuit insomniaque. Cette femme est Aziza. Ils substituent aux liens familiaux et sociaux l'emboîtement des nudités tout d'abord invisibles aux autres, ensuite à l'écart de tous, dans la mise au secret de leur échange, enfin invisibles à eux-mêmes. Cette femme est Clelia.

Clelia écrit sur un morceau de papier à la Madone : « Mes yeux ne le reverront jamais. » Le prêtre lui permet de brûler le papier sur l'autel tandis qu'il dit lui-même la messe, au moment de l'offertoire, juste à l'instant où il consacre l'hostie (*Communicantes in primis*...) afin que la promesse soit communiquée à l'autre monde au travers de sa crémation.

*

Clelia doit épouser le marquis Crescenzi. Elle s'est enfermée dans le palais Contarini. Fabrice paie deux domestiques et s'annonce comme un marchand de Turin qui apporte des lettres de son père. Le domestique le conduit à l'appartement de Clelia. Il monte l'escalier. Il tremble. Le domestique ouvre la porte et s'efface : Clelia est assise devant une petite table éclairée par une seule bougie. En apercevant Fabrice, elle se lève brusquement, elle court, elle prend la fuite, elle va se cacher au fond du salon, elle se dissimule derrière un canapé.

Fabrice se précipite vers la table et a l'idée de souffler la bougie qui est posée sur elle.

Clelia se redresse, s'approche de Fabrice : à sa plus grande surprise elle se jette dans ses bras. Ils s'aiment dans l'obscurité durant cinq jours.

Mariée, devenue marquise Crescenzi, Clelia se donne toujours, uniquement de nuit, dans l'orangerie de son nouveau palais, toutes fenêtres bouchées, à Fabrice, dont elle a un petit garçon. Mais Fabrice en a assez des ombres : il veut voir son fils dans la lumière. Clelia cède. Le jour se lève enfin dans les toutes dernières pages du roman : l'enfant meurt, Clelia meurt, Fabrice meurt.

Le mythe de Clelia qu'a inventé Stendhal me fait songer à la tragédie que Sophocle écrivit au sujet d'Antigone.

La loi profonde à laquelle une société est assujettie ne rencontre jamais le langage dans le visage duquel elle s'échange.

Le *mot secret* de l'économie générale d'une société ne vient pas à la conscience de chacun de ses membres ; le mythe est cette dissimulation et la conscience individuelle empêche ce savoir direct.

Pas plus que la pulsation cardiaque ou le rythme respiratoire ne sont volontaires, la polarisation sociale, dont la source est zoologique, dont l'ancienneté est radicalement prélinguistique, n'est choisie ni n'accède à la parole. La polarisation post-sexuelle, généalogique, sociale, demeure aussi impensable qu'elle n'est pas volontaire. Toute société fonctionne par prétention. Quand le groupe tombe nez à nez devant le problème que son point phobique lui pose, il l'appelle la loi non écrite (dans le grec de Sophocle le *nomos agraphos*). C'est l'écrit sans écriture qui incise la peau de l'âme du groupe (soit l'inceste avec la mère, soit la nécrophilie, soit la sorcellerie, soit la zoophilie, etc.). Plutarque explique (*Moralia*, 83, 101) que ce que prohibe la lettre non écrite au fond de l'âme non seulement est interdit de société (c'est-à-dire aussi interdit de langage) mais est interdit de soleil : c'est pourquoi, écrit-il de façon extraordinaire, « la *littera* alittéraire (la *graphè* agraphique) surgit la nuit dans les rêves mais ne peut même pas être imaginée de jour ».

L'inenvisageable ne doit pas recevoir d'images dans le visible qui la tenteraient comme autant d'appeaux.

Tel est le morceau de papier que brûle Clelia sur l'autel.

La *graphè* en grec est un mot qui signifie aussi bien la lettre écrite, la peinture, que le crime.

En latin : il faut un *fascinus* au *facinus*.

*

La sexualité sera toujours atopique, scandaleuse, alogique, anomique, non pas asémique mais anoétique. Antéhumaine.

C'est la trace avant tout signe et toute signification. C'est le passé indestructible. Le sexe masculin que chaque image du rêve érige est cette lettre invisible. La dysmorphie invisible. La première métamorphose. L'étreinte des deux corps qui se montent et se couvrent est le *premier mot* du vivant. Ce mot est invisible à ceux qui en sont le fruit comme ses lettres à ceux qui rêvent. C'est la scène invisible où l'amour puise son désir d'invisibilité. C'est l'image qui manque à l'humanité à jamais.

*

Corollaire I. L'acte honteux n'est possible que la nuit et ne peut recevoir de nom sous peine de le faire surgir dans la cité ou sous l'œil unique du soleil. La bestialité, par exemple, est prohibée d'image, de langage, de lettre symbolique, de *nomos* et de soleil.

C'est ainsi que l'argument de Plutarque fait aussitôt songer à la zoophilie enfermée dans la nuit des grottes paléolithiques. Ce n'est pas encore l'iconoclasme à l'instar de celui que méditèrent les Celtes, les Gaulois, les Byzantins, les musulmans. Mais c'est enfermer les images dans la nuit. Ce n'est pas encore détruire l'icône : c'est déjà garer le graphe agraphique hors du jour, à l'écart de l'œil solaire.

*

Corollaire II. La Clelia qu'invente Stendhal ranime la loi non écrite, invisible, impensable, de Plutarque. En aimant la nuit Fabrice, l'étreinte est inexistante. Ni l'un ni l'autre ne rompent leur engagement : c'est la visibilité de l'enfant qui fait entrer le jour et les tue tous les trois (l'œil solaire). La fin si bouleversante de *La Chartreuse de Parme* est comme celle d'un conte de vampire. Le jour prend de court les monstres et les tue impitoyablement.

*

Corollaire III. L'aube la terrasse.

*

Pourquoi la marquise Clelia Crescenzi ne se donne-t-elle à Fabrice que dans le noir le plus absolu ?

Ce n'est pas qu'être vue en proie au désir l'emplisse de honte.

Se savoir visible ôte à l'abandon sa tempête informe.

Seule l'invisibilité permet d'être tout entier à la sensation intérieure et laisse l'âme être dévorée par son sentiment.

*

Corollaire IV. Un amour dès qu'il prend à témoin le regard des autres perd la vue inquiète, avide, affamée de l'autre (*alter* pur) qui le définit, songe à son apparence, corrige son impudeur, réfléchit le mouvement qui le porte, redoute le jugement auquel il s'expose – lequel, en définitive, ne se distingue pas beaucoup du regard. En montrant sa nudité, il prend la pose ; en perdant son secret il devient comédien ou menteur ; en se dévoilant il s'organise et se fait plus théâtral qu'invisible, se met de profil ou carrément se voile d'un bout de drap qui se trouve là ou d'une branche qui tend ses feuilles. Les sentiments le guettent. Il tend à s'opposer ; il s'enlumine. Or on ne peut pas éclairer l'amour ; c'est même trop parler que de prétendre qu'il peut luire. L'amour ne peut que s'étreindre, écrasant la vision dans l'étreinte. Tout ce qui le soumet à la distance le désunit.

*

Sainte Lucie s'arrache les yeux pour s'offrir à son prétendant.

Clelia (lors de sa métamorphose de Conti à Crescenzi) désidère l'amour qu'elle porte à Fabrice en l'obligeant à la nuit.

*

Clelia ne veut pas voir celui qu'elle aime.

Corollaire V. L'inconscient n'aime pas la conscience.

Clelia ne veut même pas entr'apercevoir le corps dont elle jouit. Jouir et ne rien savoir de plus.

Le sexe humain n'aime pas le grand jour de la même façon que le dépôt de la semence chez les vivipares est interne.

La volupté n'aime pas la lucidité. Cf. les romans, les mythes, les films. Surtout ne me racontez pas la fin de l'histoire. Taisez-vous ! Je ne veux pas savoir si c'est vrai ou faux, NE ME DITES PAS LA FIN !

Il y a un désir de ne pas savoir. Il y a une passion de l'ignorance. L'extase et la lucidité sont antagoniques. L'homme désirant être tout entier à son objet et en aucune façon en réflexion de lui-même, tel est l'inconscient.

*

À ne rien savoir (à la contre-curiosité) correspond comme son autre pôle la curiosité psychique inlassable.

C'est l'histoire de Psychè qu'Apulée composa à Carthage dans les années 160.

Comme Fabrice, Cupido avant chaque aube s'évanouit. La *psychè* se plaint de ne pas connaître le *physique* de son mari. (*Physis* traduit en grec *fascinus* et c'est d'ailleurs ainsi que l'emploie l'auteur grec, Loukios, qu'Apulée retraduit en latin.) Psychè dit à ses sœurs : « Je subis l'approche nocturne d'un mari qui n'est que le son d'une voix, dont le statut est incertain (*incerti status*) et qui fuit la lumière (*lucifugam*). »

L'amour humain, opposé à la sexualité animale, est lucifuge. C'est l'un des tabous universels qui l'affectent.

Psychè se munit d'un rasoir en demi-cercle, d'une lampe à huile et d'une marmite (pour masquer la lampe à huile portative). Mais l'huile très chaude de la lampe brûle le bras de son mari et l'amour (*te vero fuga mea punivero*) s'enfuit à jamais : ses bras brûlés se transforment en ailes. Devenu oiseau Cupido se pose sans mot dire sur la branche du cyprès qui fait face à la fenêtre de la chambre où Psychè commence sa plainte.

*

Quand les amoureux quittent leurs corps nocturnes, l'un se pose sur une branche au loin, l'autre s'accoude à la fenêtre.

L'amour, c'est âme contre âme.

*

L'amour se fait à l'écart comme la pensée se fait à l'écart, comme lire se fait à l'écart, comme la musique se conçoit dans le silence, comme rêver se fait dans la nuit du sommeil.

*

Pourquoi je suis un musicien. Clelia dit : Ouvrir les yeux, c'est ne pas sentir. Éros dit à Psychè : Ouvrir les yeux, c'est me perdre.

Un vrai musicien n'hésite pas à dire qu'on ne peut écouter de la musique les yeux ouverts.

Corollaire VI. L'obéissance princeps, intra-utérine, renvoie à la gestation des vivipares.

L'audition sans voix est aussi une audition sans regard.

Pour connaître le monde il faut sortir de la grotte mais en quittant la grotte il faut « ouvrir les yeux *le plus tard possible* », dit un conte d'initiation Coos.

La caresse est continue là où le visible comme le langage sont discontinus et donc contradictoires à l'union. C'est pourquoi l'amour, chez les hommes, devient une union nocturne.

Vie secrète, 1998.

III
L'AUTRE

L'amour engage, plus que n'importe quelle relation, la question de l'altérité. Car aimer dépasse la seule satisfaction narcissique d'être aimé. Aimer est un engagement et un risque, car, comme l'écrit Jankélévitch, « l'amour aimant est soucieux de l'autre et innocent en lui-même ; il s'oublie lui-même et va au-devant de l'autre ». Celui qui aime est prêt à prendre des coups, à s'exposer au ridicule et à la souffrance. Il combat pour l'autre. Être aimé n'engage, au fond, que soi. La psychanalyse dira que dans une nouvelle relation l'on rejoue toujours une histoire ancienne. Et il est vrai que nous reconduisons souvent de vieux schémas avec une constance qui peut nous étonner et nous affliger parfois. Il n'empêche que c'est sur celui-ci et non sur n'importe quel autre que nous jetons notre dévolu.

Dans un texte assez difficile, Emmanuel Levinas donne un nom à cette altérité : le féminin. *Il n'entend pas par là la féminité ou quelque chose comme l'« éternel féminin ». Tout comme il a fait de la notion de* visage *un concept, il signifie par féminin quelque chose d'abstrait. Le féminin, ce n'est pas, dit-il, une simple extériorité, quelqu'un que je peux rencontrer ; c'est un événement et un mystère dont l'éros serait l'expérience. Alors le féminin, loin d'être l'affirmation d'une subjectivité, correspond au retrait de l'autre dans la* pudeur. *Il ne s'agit pas d'avoir prise sur une autre conscience en essayant de la soumettre à soi. Dans l'érotisme, chacun se dessaisit de soi sans se perdre en l'autre pour autant.*

Il n'est alors pas étonnant que, dans un monde dominé par l'impérialisme du masculin, des penseurs ou des poètes qui ont tenté de comprendre l'altérité amoureuse lui aient donné le nom de féminin, non pour parler d'une efféminaton de l'homme, au sens le plus trivial, mais pour cultiver cette altérité du masculin à l'intérieur du modèle dont ils avaient hérité. Rilke est de ceux-là qui, comme Jankélévitch, revendiquent un amour aimant, un amour donnant et généreux auquel les hommes le plus souvent ne savent pas se livrer. Ainsi, écrit Rilke, « j'attends que l'homme [...] de l'"espèce nouvelle" [...] commence [...] de devenir un "amant" : opération longue, difficile et pour lui tout à fait nouvelle ».

Quoi qu'il en soit, cette altérité est si difficile à penser qu'on peut la supposer médiée par un tiers qui nous en donnerait une sorte d'exemple, un modèle à imiter. C'est l'hypothèse de René Girard : notre désir n'est jamais spontané et originel. Il passe toujours par un médiateur que nous suivons. Mais nous ne l'admettons pas volontiers. « Seuls les romanciers révèlent la nature imitative du désir. Cette nature, de nos jours, est difficile à percevoir, car l'imitation la plus fervente est la plus vigoureusement niée. » L'autre nous hante toujours. Mais est-ce pour la raison que dit Girard, est-ce en fonction de l'inscription du langage en nous qui trahit toujours cette altérité ? Les mots mêmes de l'amour, si banals en un sens, nous le disent bien aussi.

10
Vladimir Jankélévitch

Vladimir Jankélévitch (1903-1985) fut lié dans sa jeunesse à Bergson, auquel il consacrera son premier livre, Bergson *(1931).* Le Traité des vertus, *publié en 1949, est l'un de ses ouvrages les plus importants. Le deuxième des trois volumes qui composent le livre, « Les vertus de l'amour », se divise en plusieurs chapitres qui traitent successivement du courage et de la fidélité, de la sincérité, de l'humilité et la modestie, de la justice et de l'équité. C'est du dernier chapitre, « L'amour », qu'est tiré cet extrait.*

L'amour seul est Dieu, et l'aimé est sa splendeur. D'ailleurs, pour qu'il y ait un aimé, il faut un amour et un amant, la situation d'aimé n'étant pas une propriété en soi, ni une spécialité, mais un simple fait ; et si le fait d'être aimé déclenche parfois secondairement l'amour chez l'aimé, et fait de l'aimé un amant, il faut bien, en définitive, que le premier amant ait précédé le premier aimé ; il faut bien que quelqu'un commence… Et c'est l'amant qui commence ! Car l'amour sans autre précision, c'est toujours l'amour aimant : ce n'est pas l'amour que j'inspire, et qui est source pour l'aimé de vanité frivole, c'est l'amour que je porte à quelqu'un. L'amour que j'éprouve mérite seul ce beau nom d'amour, le plus beau de tous les noms ; lui seul est initial et premier ; lui seul est source d'une joie profonde, même quand il est malheureux ; un amour aimant non aimé, un amour joyeux-malheureux est finalement plus heureux qu'un amour heureux et aimé et stupidement comblé. Par opposition aux amours de luxe, aux sèches et ennuyeuses amours des beautés sublimes qui n'aiment personne, l'Éros de Diotime incarna l'*amant inaimé* et *joyeux-miséreux*. La philosophie de l'aimé est donc la philosophie dogmatique de l'apparence. Amo, même sans Amor, aurait encore un prix infini ; tandis que Amor sans Amo n'est rien d'autre qu'une Vénus stupide. L'aimable, il est vrai, peut être considéré comme une stabilisation objective de l'aimé ; et la beauté n'est que la forme la plus caractéristique de cet aimable. Pourtant la beauté reste par rapport à l'amour comme la continuation déposée par rapport à la position inaugurale et spontanée que nous appelions quoddité. Le métier du séducteur et de la séductrice est bien de *plaire*, c'est-à-dire d'attirer à soi sans se déranger soi-même, et de demeurer sur place ; de se laisser caresser, câliner, cajoler, encenser, et en général de se laisser faire, et d'attendre les hommages ; l'attrayante beauté laisse l'admiration venir jusqu'à elle : elle ne se soucie donc pas de faire des avances à ses admirateurs ; elle ne demande, comme une coquette, qu'à être courtisée, et choyée, et gâtée, et applaudie. La paresseuse beauté, ἀργὸν κάλλος, est paresseuse comme est paresseux cet Agathon parfumé et pomponné qui, si la poésie est création, fut vraiment l'incarnation de l'anti-poésie. On sait que Platon lui oppose l'Éros viril, hirsute et vagabond de la prophétesse : laideur aimante, comme Socrate, et non pas beauté aimée, comme les poupées de luxe, cet Éros noctambule préfère aux « participes-passés-passifs » de l'amour aimé et de l'amour flatté les rudes joies de la création et de l'amour aimant ; à la quiétude et au confort somnolent du narcissisme il préfère l'aventure, l'insomnie, les nuits à la belle étoile ; à l'engourdissement de la continuation il préfère la joie périlleuse de commencer sans cesse. L'homme adulé était bonne conscience en lui-même et insouciance par rapport aux autres : tout à l'inverse, l'amour aimant est soucieux de l'autre et innocent en lui-même ; il s'oublie lui-même et va au-devant de l'autre : grand « chasseur », θηρευτής (c'est ainsi que l'appelle Platon), l'amour aimant est une conscience entièrement extroversée dans le monde. Seul ce principe coureur, entreprenant et spontané implique la raison suffisante du choix et l'origine radicale de toute valeur.

Le Traité des vertus, 1949.

11

Emmanuel Levinas

Dans l'œuvre philosophique d'Emmanuel Levinas (1906-1995), la question éthique de l'autre conçu comme « idée d'infini » tient une place centrale. Dans Le Temps et l'autre *(1979), le philosophe reprend, dans une langue très limpide qui caractérisait son style, les questions qui ont nourri ses autres livres, en particulier* Totalité et infini *(1960), et notamment, bien sûr, celle de l'altérité, ici à travers le rapport à l'éros.*

L'Éros

Ce sont dans la vie civilisée les traces de cette relation avec l'autre qu'il faut rechercher dans sa forme originelle. Existe-t-il une situation où l'altérité de l'autre apparaît dans sa pureté ? Existe-t-il une situation où l'autre n'aurait pas seulement l'altérité comme l'envers de son identité, n'obéirait pas seulement à la loi platonicienne de la participation où tout terme contient du même et par là même contient de l'autre ? N'y aurait-il pas une situation où l'altérité serait portée par un être à titre positif, comme essence ? Quelle est l'altérité qui n'entre pas purement et simplement dans l'opposition des deux espèces du même genre ? Je pense que le contraire absolument contraire, dont la contrariété n'est affectée en rien par la relation qui peut s'établir entre lui et son corrélatif, la contrariété qui permet au terme de demeurer absolument autre, c'est le *féminin*.

Le sexe n'est pas une différence spécifique quelconque. Il se situe à côté de la division logique en genres et en espèces. Cette division n'arrive certes jamais à rejoindre un contenu empirique. Mais ce n'est pas dans ce sens-là qu'elle ne permet pas de rendre compte de la différence de sexes. La différence de sexes est une structure formelle, mais qui découpe la réalité dans un autre sens et conditionne la possibilité même de la réalité comme multiple, contre l'unité de l'être proclamée par Parménide.

La différence de sexes n'est pas non plus une contradiction. La contradiction de l'être et du néant conduit l'un à l'autre, ne laisse pas de place à la distance. Le néant se convertit en être, ce qui nous a amenés à la notion d'« il y a ». La négation de l'être se fait sur le plan de l'exister anonyme de l'être en général.

La différence de sexes n'est pas non plus la dualité de deux termes complémentaires, car deux termes complémentaires supposent un tout préexistant. Or, dire que la dualité sexuelle suppose un tout, c'est d'avance poser l'amour comme fusion. Le pathétique de l'amour consiste dans une dualité insurmontable des êtres. C'est une relation avec ce qui se dérobe à jamais. La relation ne neutralise pas *ipso facto* l'altérité, mais la conserve. Le pathétique de la volupté est dans le fait d'être deux. L'autre en tant qu'autre n'est pas ici un objet qui devient nôtre ou qui devient nous ; il se retire au contraire dans son mystère. Ce mystère du féminin – du féminin, autre essentiellement – ne se réfère pas non plus à quelque romantique notion de la femme mystérieuse, inconnue ou méconnue. Si, bien entendu, pour soutenir la thèse de la position exceptionnelle du féminin dans l'économie de l'être, je me réfère volontiers aux grands thèmes de Goethe ou de Dante, à Béatrice et à l'Ewig Weibliches, au culte de la *Femme* dans la chevalerie et dans la société moderne (qui ne s'explique certainement pas uniquement par la nécessité de prêter main-forte au sexe faible), si, d'une manière plus précise, je pense aux pages admirablement hardies de Léon Bloy, dans ses *Lettres à sa fiancée*, je ne veux pas ignorer les prétentions légitimes du féminisme qui supposent tout l'acquis de la civilisation. Je veux dire simplement que ce mystère ne doit pas être compris dans le sens éthéré d'une certaine littérature ; que dans la matérialité la plus brutale, la plus éhontée ou la plus prosaïque de l'apparition du féminin, ni son mystère, ni sa pudeur ne sont abolis. La profanation n'est pas une négation du mystère, mais l'une des relations possibles avec lui.

Ce qui m'importe dans cette notion du féminin, ce n'est pas seulement l'inconnaissable, mais un mode d'être qui consiste à se dérober à la lumière. Le féminin est dans l'existence un événement différent de celui de la transcendance spatiale ou de l'expression qui vont vers la lumière. C'est une fuite devant la lumière. La façon d'exister du féminin est de se cacher, et ce fait de se cacher est précisément la pudeur. Aussi cette altérité du féminin ne consiste-t-elle pas en une simple extériorité d'objet. Elle n'est pas faite non plus d'une opposition de volontés. L'autre n'est pas un être que nous rencontrons, qui nous menace ou qui veut s'emparer de nous. Le fait d'être réfractaire à notre pouvoir n'est pas une puissance plus grande que la nôtre. C'est l'altérité qui fait toute sa puissance. Son mystère constitue son altérité. Remarque fondamentale : je ne pose pas autrui initialement comme liberté, caractéristique dans laquelle est inscrit d'avance l'échec de la communication. Car avec une liberté il ne peut y avoir d'autre relation que celle de la soumission et de l'asservissement. Dans les deux cas, l'une des deux libertés est anéantie. La relation entre maître et esclave peut être saisie au niveau de la lutte, mais alors elle devient réciproque. Hegel a montré précisément comment le maître devient l'esclave de l'esclave et l'esclave le maître du maître.

En posant l'altérité d'autrui comme mystère défini lui-même par la pudeur, je ne la pose pas comme liberté identique à la mienne et aux prises avec la mienne, je ne pose pas un autre existant en face de moi, je pose l'altérité. Tout comme pour la mort, ce n'est pas à un existant que nous avons affaire, mais à l'événement de l'altérité, à l'aliénation. Ce n'est pas la liberté qui caractérise l'autre initialement, dont ensuite se déduira l'altérité ; c'est l'altérité que l'autre porte comme essence. Et c'est pourquoi nous avons cherché cette altérité dans la relation absolument originale de l'éros, relation qu'il est impossible de traduire en pouvoirs et qu'il ne faut pas traduire ainsi, si on ne veut pas fausser le sens de la situation.

Nous décrivons donc une catégorie qui ne rentre pas dans l'opposition être-néant, ni dans la notion d'existant. Elle est un événement dans l'exister différente de l'hypostase par laquelle surgit un existant. Alors que l'existant s'accomplit dans le « subjectif » et dans la « conscience », l'altérité s'accomplit dans le féminin. Terme du même rang, mais de sens opposé à la conscience. Le féminin ne s'accomplit pas comme *étant* dans une transcendance vers la lumière, mais dans la pudeur.

Le mouvement est donc ici inverse. La transcendance du féminin consiste à se retirer ailleurs, mouvement opposé au mouvement de la conscience. Mais il n'est pas pour cela inconscient ou subconscient, et je ne vois pas d'autre possibilité que de l'appeler mystère.

Alors qu'en posant autrui comme liberté, en le pensant en termes de lumière, nous sommes obligés d'avouer l'échec de la communication, nous n'avons avoué que l'échec du mouvement qui tend à saisir ou à posséder une liberté. C'est seulement en montrant ce par quoi l'éros diffère de la possession et du pouvoir, que nous pouvons admettre une communication dans l'éros. Il n'est ni une lutte, ni une fusion, ni une connaissance. Il faut reconnaître sa place exceptionnelle parmi les relations. C'est la relation avec l'altérité, avec le mystère, c'est-à-dire avec l'avenir, avec ce qui dans un monde, où tout est là, n'est jamais là avec ce qui peut ne pas être là quand tout est là. Non pas avec un être qui n'est pas là, mais avec la dimension même de l'altérité. Là où tous les possibles sont impossibles, là où on ne peut plus pouvoir, le sujet est encore sujet par l'éros. L'amour n'est pas une possibilité, il n'est pas dû à notre initiative, il est sans raison, il nous envahit et nous blesse et cependant le *je* survit en lui.

Le Temps et l'autre, 1979.

12

Rainer Maria Rilke

Rainer Maria Rilke (1875-1926) a, durant toute sa vie, beaucoup écrit, suscitant autour de lui de très forts sentiments d'attachement, comme ceux de la princesse Marie de Tour et Taxis qui l'hébergera à Duino où il composera les fameuses Élégies à Duino. *La correspondance occupe un tiers de ses œuvres traduites en français. Dans la lettre qui suit, adressée à l'écrivain franco-allemande Annette Kolb (1870-1967), Rilke appelle de ses vœux un « nouvel amant », un autre homme capable enfin d'aimer comme seule encore une femme, estime-t-il, peut aimer.*

À Annette Kolb

Château de Duino près Nabresina,
littoral autrichien,
le 23 janvier 1912.

Chère mademoiselle Kolb,
[...]
Pour l'amante – je pense moins à sainte Thérèse et à ce qui s'est fait de très grand de ce côté-là –, son type m'apparaît beaucoup plus net, pur, c'est-à-dire moins dilué et (si j'ose ainsi parler) moins « appliqué » dans le

cas de Gaspara Stampa, de Labé la Lyonnaise, de certaines courtisanes vénitiennes et, surtout, de Marianna Alcoforado, l'incomparable, de qui les huit graves lettres montrent l'amour de la femme tracé pour la première fois de bout en bout, sans emphase, exagération ni affadissement, comme par la main d'une sibylle. Et il apparaît alors, mon Dieu, que cette ligne, du fait de l'implacable conséquence du cœur féminin, était finie, achevée, ne pouvait aller plus loin dans le terrestre ; que l'on aurait donc pu la prolonger à l'infini en direction du divin. Mais, dans l'exemple de ce très accessoire Chamilly (dont la nature utilisa la folle vanité pour conserver les lettres de la Portugaise), avec ces mots sublimes de la nonne : « Mon amour ne dépend plus de la façon dont tu me traites », l'homme, en tant qu'aimé, était écarté, liquidé, bon à jeter d'avoir été trop aimé – comme un gant porté trop longtemps. En fait, c'est un miracle que l'homme ait tenu si longtemps, quand l'amour n'a jamais touché que la part la plus superficielle de lui-même. Le triste rôle qu'il joue dans l'histoire de l'amour : la seule force qu'il y montre, ou presque, c'est la supériorité que la tradition lui assigne, et celle-là même, il l'assume avec une négligence qui serait simplement révoltante, si la distraction, les absences de son cœur n'avaient eu souvent de grands motifs, qui le justifient en partie. Mais personne ne m'empêchera de voir ce que le rapport entre cette amante absolue et son pitoyable partenaire manifeste de façon définitive : à quel point tout ce qui est réalisé, accompli, supporté d'un côté, celui de la femme, s'oppose à l'absolue insuffisance de l'homme en amour. Elle se voit décerner, si vous me permettez cette image banalement explicite, le diplôme de capacité d'amour, quand il n'a encore en poche qu'une grammaire élémentaire où la nécessité lui a fait apprendre quelques mots dont il forme à l'occasion des phrases, aussi belles, aussi exaltantes que les fameuses premières phrases des manuels de langue pour débutant. […] La femme a subi, a mené à terme quelque chose qui est son propre, ce qu'elle a de plus sien. L'homme, disposant de l'échappatoire de soucis plus graves et (disons-le franchement) mal préparé, depuis l'Antiquité, à l'amour, a cessé de s'y engager (à l'exception des saints). Les troubadours connaissaient parfaitement l'étroitesse de leurs limites, et Dante, chez qui cette misère avait atteint son comble, dut se contenter de faire autour de l'amour le monumental détour de son immense poème. Tout le reste, dans ce sens, est dérivé et de seconde main. Avec de pareilles convictions, vous comprenez combien la vue de votre fenêtre devait me sembler passionnante. Je crois sur parole ce que vous voyez, et c'est seulement depuis que vous m'avez si bien informé que je sais ce que j'attends vraiment. J'attends que l'homme, l'homme de l'« espèce nouvelle », occupé pour le moment à « sombrer », commence, après cette pause qui lui sera sûrement très bénéfique, par prendre sur lui, pour quelques millénaires, de devenir un « amant » : opération longue, difficile et pour lui tout à fait nouvelle. Pour la femme, la situation privilégiée de votre fenêtre, chère Mlle Kolb, permet de supposer que, retirée dans un beau cadre fait par elle-même, elle trouvera la patience d'attendre sans ennui et d'accueillir sans trop d'ironie cet amant retardataire.

L'heure du courrier ! Le temps d'une pensée très reconnaissante de votre

R. M. Rilke

13
René Girard

L'œuvre de René Girard, né en 1923, tourne tout entier autour d'une idée centrale énoncée dans son premier livre, Mensonge romantique et vérité romanesque *(1961), celle du désir mimétique. Tout désir est toujours suscité par le désir d'un autre, qu'il imite plus ou moins consciemment. Le désir fonctionne ainsi toujours à trois termes, et le tiers hante toujours notre rapport à l'autre. C'est pourquoi la jalousie est toujours ici en creux (anticipant la section suivante qui s'intéressera à ses formes occasionnelles ou essentielles telles que décrites dans l'œuvre de Proust comme appartenant à une loi fondamentale de l'amour).*

La jalousie et l'envie supposent une triple présence : présence de l'objet, présence du sujet, présence de celui que l'on jalouse ou de celui que l'on envie. Ces deux « défauts » sont donc triangulaires : jamais, toutefois, nous ne percevons un modèle dans celui que l'on jalouse parce que nous prenons toujours sur la jalousie le point de vue du jaloux lui-même. Comme toutes les victimes de la médiation interne, celui-ci se persuade aisément que son désir est spontané, c'est-à-dire qu'il s'enracine dans l'objet et dans cet objet seulement. Le jaloux soutient toujours, par conséquent, que son désir a précédé l'intervention du médiateur. Il nous présente celui-ci comme un intrus, un fâcheux, un *terzo incomodo* qui vient interrompre un délicieux tête-à-tête. La jalousie se ramènerait donc à l'irritation que nous éprouvons tous lorsqu'un de nos désirs est accidentellement contrarié. La véritable jalousie est infiniment plus riche et plus complexe que cela. Elle comporte toujours un élément de fascination à l'égard du rival insolent. Ce sont d'ailleurs toujours les mêmes êtres qui souffrent de jalousie. Devons-nous croire qu'ils sont tous les victimes d'un hasard malheureux ? Serait-ce le destin qui leur suscite tant de rivaux et qui multiplie les obstacles au travers de leurs désirs ? Nous ne le croyons pas nous-mêmes puisque, devant ces victimes chroniques de la jalousie, ou de l'envie, nous parlons de « tempérament jaloux » ou de « nature envieuse ». Que peut donc impliquer, concrètement, un tel « tempérament » ou une telle « nature » sinon une irrésistible propension à désirer ce que désirent les *Autres*, c'est-à-dire à imiter leurs désirs ?

Max Scheler fait figurer « l'envie, la jalousie et la rivalité » parmi les sources du ressentiment. Il définit l'envie comme « le sentiment d'impuissance qui vient s'opposer à l'effort que nous faisons pour acquérir telle chose, du fait qu'elle appartient à autrui ». Il observe, d'autre part, qu'il n'y aurait pas envie, au sens fort du terme, si l'imagination de l'envieux ne transformait en une opposition concertée l'obstacle passif que le possesseur de l'objet lui oppose, du fait même de sa possession.

Le seul regret de ne pas posséder ce qu'un autre possède et ce que je désire, ne suffit pas, en soi, à… faire naître (l'envie) puisque aussi bien ce regret peut me déterminer à l'acquisition de la chose désirée ou d'une chose analogue… L'envie ne naît que si l'effort requis pour mettre en œuvre ces moyens d'acquisition échoue en laissant un sentiment d'impuissance.

L'analyse est exacte et complète ; elle n'omet ni l'illusion que se fait l'envieux sur la cause de son échec, ni la paralysie qui accompagne l'envie. Mais ces éléments restent isolés ; le rapport qui les unit n'est pas vraiment perçu. Tout s'éclaire, au contraire, tout s'organise en une structure cohérente si l'on renonce, pour expliquer l'envie, à partir de l'objet de la rivalité et si l'on fait du rival lui-même, c'est-à-dire du médiateur, le point de départ de l'analyse, aussi bien que son point d'aboutissement. L'obstacle passif que constitue la possession n'apparaîtrait pas comme un geste de mépris calculé, cet obstacle ne provoquerait pas le désarroi si le rival n'était pas secrètement vénéré. Le demi-dieu paraît répondre aux hommages par une malédiction. Il paraît rendre le mal pour le bien. Le sujet voudrait se croire victime d'une atroce injustice mais il se demande avec angoisse si la condamnation qui semble peser sur lui n'est pas justifiée. La rivalité ne peut donc qu'exaspérer la médiation ; elle accroît le prestige du médiateur et elle renforce le lien qui unit l'objet à ce médiateur en contraignant ce dernier à affirmer hautement son droit, ou son désir, de possession. Le sujet est donc moins capable que jamais de se détourner de l'objet inaccessible : c'est à cet objet et à lui seul que le médiateur communique son prestige, en le possédant ou en désirant le posséder. Les autres objets n'ont aucune valeur aux yeux de l'envieux, seraient-ils analogues ou même identiques à l'objet « médiatisé ».

Toutes les ombres se dissipent si l'on reconnaît un médiateur dans le rival abhorré. Max Scheler, lui-même, n'est pas loin de la vérité lorsqu'il constate, dans *L'Homme du ressentiment*, que « le fait de se choisir un modèle » relève d'une certaine disposition à se comparer commune à tous les hommes et, poursuit-il, « c'est une comparaison de cet ordre qui est à la base de toute jalousie, de toute ambition, comme aussi de l'attitude qu'implique par exemple l'imitation de Jésus-Christ ». Mais cette intuition reste isolée. Seuls les romanciers rendent au médiateur la place usurpée par l'objet ; seuls les romanciers renversent la hiérarchie du désir communément admise.

Dans les *Mémoires d'un touriste*, Stendhal met ses lecteurs en garde contre ce qu'il appelle les sentiments *modernes*, fruits de l'universelle vanité : « l'envie, la jalousie et la haine impuissante ». La formule stendhalienne rassemble les trois sentiments triangulaires ; elle les considère en dehors de tout objet particulier ; elle les associe à cet impérieux besoin d'imitation dont le XIXe siècle, au dire du romancier, est tout entier possédé. Scheler affirme, de son côté, après Nietzsche – lequel reconnaissait beaucoup devoir à Stendhal –, que l'état d'âme romantique est pénétré de « ressentiment ». Stendhal ne dit pas autre chose, mais il cherche la source de ce poison spirituel dans l'imitation passionnée d'individus qui sont au fond nos égaux et que nous dotons d'un prestige arbitraire. Si les sentiments *modernes* fleurissent, ce n'est pas parce que les « natures envieuses » et les « tempéraments jaloux » se sont fâcheusement et mystérieusement multipliés, c'est parce que la médiation *interne* triomphe dans un univers où s'effacent, peu à peu, les différences entre les hommes.

Seuls les romanciers révèlent la nature imitative du désir. Cette nature, de nos jours, est difficile à percevoir car l'imitation la plus fervente est la plus vigoureusement niée. Don Quichotte se proclamait disciple d'Amadis et les écrivains de son temps se proclamaient disciples des Anciens. Le vaniteux romantique ne se veut plus le disciple de personne. Il se persuade qu'il est infiniment *original.* Partout, au XIXe siècle, la spontanéité se fait dogme, détrônant l'imitation. Ne nous laissons pas duper, répète partout Stendhal, les individualismes bruyamment professés cachent une forme nouvelle de copie. Les dégoûts romantiques, la haine de la société, la nostalgie du désert, tout comme l'esprit grégaire, ne recouvrent, le plus souvent, qu'un souci morbide de l'*Autre*.

Pour camoufler le rôle essentiel que joue l'*Autre* dans ses désirs, le vaniteux stendhalien fait souvent appel aux clichés de l'idéologie régnante. Derrière la dévotion, l'altruisme doucereux, l'*engagement* hypocrite des grandes dames de 1830, Stendhal ne découvre pas l'élan généreux d'un être réellement prêt à se donner mais le recours angoissé d'une vanité aux abois, le mouvement centrifuge d'un Moi impuissant à désirer par lui-même. Le romancier laisse agir et parler ses personnages puis, d'un clin d'œil, il nous révèle le médiateur. Il rétablit en sous-main la hiérarchie véritable du désir, tout en prétendant ajouter foi aux mauvaises raisons qu'allègue son personnage pour accréditer la hiérarchie contraire. C'est là un des procédés constants de l'ironie stendhalienne.

Le vaniteux romantique veut toujours se persuader que son désir est inscrit dans la nature des choses ou, ce qui revient au même, qu'il est l'émanation d'une subjectivité sereine, la création *ex nihilo* d'un Moi quasi divin. Désirer à partir de l'objet équivaut à désirer à partir de soi-même : ce n'est jamais, en effet, désirer à partir de l'*Autre*. Le préjugé objectif rejoint le préjugé subjectif et ce double préjugé s'enracine dans l'image que nous nous faisons tous de nos propres désirs. Subjectivismes et objectivismes, romantismes et réalismes, individualismes et scientismes, idéalismes et positivismes s'opposent en apparence mais s'accordent, secrètement, pour dissimuler la présence du médiateur. Tous ces dogmes sont la traduction esthétique ou philosophique de visions du monde propres à la médiation interne. Ils relèvent tous, plus ou moins directement, de ce mensonge qu'est le désir spontané. Ils défendent tous une illusion d'autonomie à laquelle l'homme moderne est passionnément attaché.

C'est cette même illusion que le roman génial ne parvient pas à ébranler, bien qu'il la dénonce inlassablement. À la différence des écrivains romantiques ou néo-romantiques, un Cervantès, un Flaubert et un Stendhal dévoilent la vérité du désir dans leurs grandes œuvres romanesques. Mais cette vérité reste cachée au sein même de son dévoilement. Le lecteur, généralement convaincu de sa propre spontanéité, projette sur l'œuvre les significations qu'il projette déjà sur le monde. Le XIXe siècle, qui n'a rien compris à Cervantès, ne tarissait pas d'éloges sur « l'originalité » de son héros. Le lecteur romantique, par un merveilleux contresens qui n'est au fond qu'une vérité supérieure, s'identifie à Don Quichotte, l'imitateur par excellence, dont il fait l'*individu-modèle*.

Il ne faut donc pas s'étonner si le terme *romanesque* reflète toujours, par son ambiguïté, l'ignorance où nous sommes de toute médiation. Ce terme désigne les romans de chevalerie et il désigne *Don Quichotte* ; il peut être synonyme de romantique et il peut signifier la ruine des prétentions romantiques. Nous réserverons désormais le terme *romantique* aux œuvres qui reflètent la présence du médiateur sans jamais la révéler et le terme *romanesque* aux œuvres qui révèlent cette même présence.

Mensonge romantique et vérité romanesque, 1961.

IV
JALOUSIE

La jalousie est l'un des sentiments les plus archaïques que nous puissions éprouver. Tout comme le bon sens, on pourrait dire, en parodiant Descartes, qu'elle est la chose au monde la mieux partagée. Nul n'a pu y échapper, à quelque degré que ce soit. Au point que, pour un auteur comme Proust, aimer et être jaloux, c'est tout un. Même si l'on est peu accessible à un tel sentiment, il n'en demeure pas moins une menace pour n'importe qui. Mais il y a des tempéraments jaloux, que l'on dit aussi « possessifs », et qui projettent sur l'être aimé une constante possibilité de trahison, d'autant plus redoutable à leurs yeux qu'elle les hante plus ou moins obscurément.

Il existe aussi des jalousies pathologiques ou « délirantes » qui décèlent partout les signes de la « tromperie » et empêchent le jaloux d'aimer qui que ce soit comme si, en étant jaloux, il se protégeait ainsi d'une certaine façon contre l'amour, c'est-à-dire contre l'épreuve de l'autre. Car c'est bien de cela que témoigne la jalousie : du caractère dangereux de l'amour. L'être aimé, en effet, nous rend vulnérable à partir du moment où nous nous mettons à l'aimer. Nous dépendons de lui, et la façon dont nous apparaissons à ses yeux acquiert plus de valeur que n'importe quelle autre forme de reconnaissance. Qu'il nous aime, et voilà que nous éprouvons à son contact un sentiment de joie qui, pour parler comme Spinoza, « augmente notre puissance d'agir ». Mais qu'il se détourne de nous vers un autre, alors naît la jalousie, et nous voilà en proie aux passions tristes, comme abandonné, diminué parfois au point de nous sentir anéantis.

Contre cet affaiblissement, cette déperdition de notre être qui est le revers de la force que nous gagnons pourtant en aimant, certains préfèrent adopter une attitude défensive qu'incarne bien le libertinage de la marquise de Merteuil et du vicomte de Valmont dans Les Liaisons dangereuses *de Choderlos de Laclos. Un des principes du libertinage est précisément de ne dépendre de personne et de ne suivre que les règles que l'on s'est données à soi-même. Ce qui réduit considérablement le risque que l'on vient d'évoquer, sans jamais l'écarter tout à fait, comme le montre bien le roman de Laclos.*

La jalousie fera son œuvre : soit sur un mode bien tempéré où elle aura même parfois une vertu d'aiguillon, comme le dit à peu près Stendhal dans De l'amour, *à moins qu'elle ne nous attache à ces « êtres de fuite » dont parle Proust, qui ne nous fascinent que parce que nous craignons à tout instant de les perdre ; soit, d'une façon extrêmement douloureuse et dégradante, comme lorsque Mosca, la duchesse Sanseverina s'étant détournée de lui, compare son regard à celui de Fabrice et le juge soudain « morne et sardonique ». La jalousie peut même, suggère Spinoza avec beaucoup d'acuité, laisser apparaître des images inavouables, qui nous disqualifient jusque dans ce que notre relation a de plus intime avec l'autre.*

14
Baruch Spinoza

*Baruch Spinoza (1632-1677), dans ce texte de l'*Éthique, *publiée en 1677 à la mort du philosophe, considère la jalousie sous l'angle du dégoût provoqué par l'association de l'image de la personne aimée avec le corps du tiers qu'elle désire et, plus précisément, avec ses « parties honteuses » et ses « excrétions ». Le philosophe développe ici une physique de l'amour surprenante, mais dont la précision radicale éclaire de façon crue le phantasme de la jalousie.*

Proposition XXXV

Si quelqu'un imagine qu'un autre s'attache la chose aimée par le même lien d'Amitié, ou un plus étroit, que celui par lequel il l'avait seul en sa possession, il sera affecté de Haine envers la chose aimée elle-même, et sera envieux de l'autre.

Démonstration

Plus grand est l'amour dont il imagine la chose aimée affectée à son égard, plus il se glorifiera (*Prop. préc.*), c'est-à-dire sera joyeux (*Scolie de la Prop.* 30) ; il s'efforcera donc (*Prop.* 28), autant qu'il peut, d'imaginer la chose aimée attachée à lui le plus étroitement possible ;

et cet effort ou cet appétit est encore alimenté s'il imagine qu'un tiers désire pour lui la même chose (*Prop.* 31). Mais on suppose cet effort ou appétit réduit par l'image de la chose aimée elle-même, accompagnée de l'image de celui qu'elle se joint ; il sera donc (*Scolie de la Prop.* 11) par cela même affecté d'une Tristesse qu'accompagne comme cause l'idée de la chose aimée, et en même temps l'image d'un autre ; c'est-à-dire (*Scolie de la Prop.* 13) il sera affecté de haine envers la chose aimée et en même temps envers cet autre (*Coroll. de la Prop.* 15), et il sera envieux de lui (*Prop.* 23) parce qu'il tire du plaisir de la chose aimée.

C. Q. F. D.

Scolie

Cette Haine envers une chose aimée jointe à l'Envie s'appelle *Jalousie*, et ainsi la *Jalousie* n'est rien d'autre qu'une fluctuation de l'âme née de ce qu'il y a Amour et Haine en même temps avec accompagnement de l'idée d'un autre auquel on porte envie. De plus, cette Haine envers la chose aimée est plus grande à proportion de la Joie dont le Jaloux avait accoutumé d'être affecté par l'Amour que lui rendait la chose aimée, et à proportion aussi du sentiment dont il était affecté à l'égard de celui qu'il imagine que la chose aimée se joint. Car, s'il le haïssait, par cela même (*Prop.* 24), il aura en haine la chose aimée, puisqu'il l'imagine affectant de Joie ce qui lui est odieux ; et aussi (*Coroll. de la Prop.* 15) parce qu'il est obligé de joindre l'image de la chose aimée à l'image de celui qu'il hait. Cette dernière raison se trouve généralement dans l'Amour qu'on a pour une femme ; qui imagine en effet la femme qu'il aime se livrant à un autre sera contristé, non seulement parce que son propre appétit est réduit, mais aussi parce qu'il est obligé de joindre l'image de la chose aimée aux parties honteuses et aux excrétions de l'autre, il l'a en aversion ; à quoi s'ajoute enfin que le Jaloux n'est pas accueilli par la chose aimée du même visage qu'elle avait accoutumé de lui présenter, et que pour cette cause aussi un amant est contristé, comme je vais le montrer.

Éthique, « De l'origine et de la nature des affectations », 1677.

15

Pierre Choderlos de Laclos

Choderlos de Laclos (1741-1803), militaire de carrière, publie Les Liaisons dangereuses *en 1782, considérées comme le grand roman du libertinage. Il met en scène des personnages calculateurs dont le but premier est d'assouvir une passion de conquête et de plaisir inconnus. La lettre LXXXI, où la marquise de Merteuil raconte son itinéraire personnel, passe pour une sorte de « discours de la méthode » du libertin. Alors, le libertinage comme antidote à la jalousie ? Rien n'est moins sûr, comme le montre Laclos.*

Lettre LXXXI

La marquise de Merteuil au vicomte de Valmont

De…, ce 20 septembre 17**.

Que vos craintes me causent de pitié ! Combien elles me prouvent ma supériorité sur vous ! et vous voulez m'enseigner, me conduire ? Ah ! mon pauvre Valmont, quelle distance il y a encore de vous à moi ! Non, tout l'orgueil de votre sexe ne suffirait pas pour remplir l'intervalle qui nous sépare. Parce que vous ne pourriez exécuter mes projets, vous les jugez impossibles ! Être orgueilleux et faible, il te sied bien de vouloir calculer mes moyens et juger de mes ressources ! Au vrai, Vicomte, vos conseils m'ont donné de l'humeur, et je ne puis vous le cacher.

Que pour masquer votre incroyable gaucherie auprès de votre Présidente, vous m'étaliez comme un triomphe d'avoir déconcerté un moment cette femme timide et qui vous aime, j'y consens ; d'en avoir obtenu un regard, un seul regard, je souris et vous le passe. Que sentant, malgré vous, le peu de valeur de votre conduite, vous espériez la dérober à mon attention, en me flattant de l'effort sublime de rapprocher deux enfants qui, tous deux, brûlent de se voir, et qui, soit dit en passant, doivent à moi seule l'ardeur de ce désir ; je le veux bien encore. Qu'enfin vous vous autorisiez de ces actions d'éclat, pour me dire d'un ton doctoral, qu'*il vaut mieux employer son temps à exécuter ses projets qu'à les raconter* ; cette vanité ne me nuit pas, et je la pardonne. Mais que vous puissiez croire que j'aie besoin de votre prudence, que je m'égarerais en ne déférant pas à vos avis, que je dois leur sacrifier un plaisir, une fantaisie : en vérité, Vicomte, c'est aussi vous trop enorgueillir de la confiance que je veux bien avoir en vous !

Et qu'avez-vous donc fait, que je n'aie surpassé mille fois ? Vous avez séduit, perdu même beaucoup de femmes : mais quelles difficultés avez-vous eues à vaincre ? quels obstacles à surmonter ? où est le mérite qui soit véritablement à vous ? Une belle figure, pur effet du hasard ; des grâces, que l'usage donne presque toujours ; de l'esprit à la vérité, mais auquel du jargon suppléerait au besoin ; une impudence assez louable, mais peut-être uniquement due à la facilité de vos premiers succès ; si je ne me trompe, voilà tous vos moyens : car, pour la célébrité que vous avez pu acquérir, vous n'exigerez pas, je crois, que je compte pour beaucoup l'art de faire naître ou de saisir l'occasion d'un scandale.

Quant à la prudence, à la finesse, je ne parle pas de moi : mais quelle femme n'en aurait pas plus que vous ? Eh ! votre Présidente vous mène comme un enfant.

Croyez-moi, Vicomte, on acquiert rarement les qualités dont on peut se passer. Combattant sans risque, vous devez agir sans précaution. Pour vous autres hommes, les défaites ne sont que des succès de moins. Dans cette partie si inégale, notre fortune est de ne pas perdre, et votre malheur de ne pas gagner. Quand je vous accorderais autant de talents qu'à nous, de combien encore ne devrions-nous pas vous surpasser, par la nécessité où nous sommes d'en faire un continuel usage !

Supposons, j'y consens, que vous mettiez autant d'adresse à nous vaincre, que nous à nous défendre ou à céder, vous conviendrez au moins, qu'elle vous devient inutile après le succès. Uniquement occupé de votre nouveau goût, vous vous y livrez sans crainte, sans réserve : ce n'est pas à vous que sa durée importe.

En effet, ces liens réciproquement donnés et reçus, pour parler le jargon de l'amour, vous seul pouvez, à votre choix, les resserrer ou les rompre : heureuses encore, si dans votre légèreté, préférant le mystère à l'éclat, vous vous contentez d'un abandon humiliant, et ne faites pas de l'idole de la veille la victime du lendemain !

Mais qu'une femme infortunée sente la première le poids de sa chaîne, quels risques n'a-t-elle pas à courir, si elle tente de s'y soustraire, si elle ose seulement la soulever ? Ce n'est qu'en tremblant qu'elle essaie d'éloigner d'elle l'homme que son cœur repousse avec effort. S'obstine-t-il à rester, ce qu'elle accordait à l'amour, il faut le livrer à la crainte :

Ses bras s'ouvrent encore, quand son cœur est fermé.

Sa prudence doit dénouer avec adresse, ces mêmes liens que vous auriez rompus. À la merci de son ennemi, elle est sans ressource, s'il est sans générosité : et comment en espérer de lui, lorsque, si quelquefois on le loue d'en avoir, jamais pourtant on ne le blâme d'en manquer ?

Sans doute, vous ne nierez pas ces vérités que leur évidence a rendues triviales. Si cependant vous m'avez vue, disposant des événements et des opinions, faire de ces hommes si redoutables le jouet de mes caprices ou de mes fantaisies ; ôter aux uns la volonté, aux autres la puissance de me nuire ; si j'ai su tour à tour, et suivant mes goûts mobiles, attacher à ma suite ou rejeter loin de moi

Ces tyrans détrônés devenus mes esclaves [1] ;

si, au milieu de ces révolutions fréquentes, ma réputation s'est pourtant conservée pure ; n'avez-vous pas dû en conclure que, née pour venger mon sexe et maîtriser le vôtre, j'avais su me créer des moyens inconnus jusqu'à moi ?

Ah ! gardez vos conseils et vos craintes pour ces femmes à délire, et qui se disent à *sentiment* ; dont l'imagination exaltée ferait croire que la nature a placé leurs sens dans leur tête ; qui, n'ayant jamais réfléchi, confondent sans cesse l'amour et l'amant ; qui, dans leur folle illusion, croient que celui-là seul avec qui elles ont

1. On ne sait si ce vers, ainsi que celui qui se trouve plus haut, *Ses bras s'ouvrent encore quand son cœur est fermé* sont des citations d'ouvrages peu connus ; ou s'ils font partie de la prose de madame de Merteuil. Ce qui le ferait croire, c'est la multitude de fautes de ce genre qui se trouvent dans toutes les lettres de cette correspondance. Celles du chevalier de Danceny sont les seules qui en soient exemptes : peut-être que comme il s'occupait quelquefois de poésie, son oreille exercée lui faisait éviter plus facilement ce défaut. [Note de l'auteur.]

cherché le plaisir, en est l'unique dépositaire ; et vraies superstitieuses, ont pour le prêtre, le respect et la foi qui n'est dû qu'à la divinité.

Craignez encore pour celles qui, plus vaines que prudentes, ne savent pas au besoin consentir à se faire quitter.

Tremblez surtout pour ces femmes actives dans leur oisiveté, que vous nommez *sensibles*, et dont l'amour s'empare si facilement et avec tant de puissance ; qui sentent le besoin de s'en occuper encore, même lorsqu'elles n'en jouissent pas ; et s'abandonnant sans réserve à la fermentation de leurs idées, enfantent par elles ces lettres si douces, mais si dangereuses à écrire ; et ne craignent pas de confier ces preuves de leur faiblesse à l'objet qui les cause : imprudentes, qui, dans leur amant actuel, ne savent pas voir leur ennemi futur.

Mais moi, qu'ai-je de commun avec ces femmes inconsidérées ? quand m'avez-vous vue m'écarter des règles que je me suis prescrites, et manquer à mes principes ? je dis mes principes, et je le dis à dessein : car ils ne sont pas, comme ceux des autres femmes, donnés au hasard, reçus sans examen et suivis par habitude, ils sont le fruit de mes profondes réflexions ; je les ai créés, et je puis dire que je suis mon ouvrage.

Entrée dans le monde dans le temps où, fille encore, j'étais vouée par état au silence et à l'inaction, j'ai su en profiter pour observer et réfléchir. Tandis qu'on me croyait étourdie ou distraite, écoutant peu à la vérité les discours qu'on s'empressait à me tenir, je recueillais avec soin ceux qu'on cherchait à me cacher.

Cette utile curiosité, en servant à m'instruire, m'apprit encore à dissimuler ; forcée souvent de cacher les objets de mon attention aux yeux de ceux qui m'entouraient, j'essayai de guider les miens à mon gré ; j'obtins dès lors de prendre à volonté ce regard distrait que vous avez loué si souvent. Encouragée par ce premier succès, je tâchai de régler de même les divers mouvements de ma figure. Ressentais-je quelque chagrin, je m'étudiais à prendre l'air de la sérénité, même celui de la joie ; j'ai porté le zèle jusqu'à me causer des douleurs volontaires, pour chercher pendant ce temps l'expression du plaisir. Je me suis travaillée avec le même soin et plus de peine, pour réprimer les symptômes d'une joie inattendue. C'est ainsi que j'ai su prendre, sur ma physionomie, cette puissance dont je vous ai vu quelquefois si étonné.

J'étais bien jeune encore, et presque sans intérêt : mais je n'avais à moi que ma pensée, et je m'indignais qu'on pût me la ravir ou me la surprendre contre ma volonté. Munie de ces premières armes, j'en essayai l'usage : non contente de ne plus me laisser pénétrer, je m'amusais à me montrer sous des formes différentes ; sûre de mes gestes, j'observais mes discours ; je réglais les uns et les autres, suivant les circonstances, ou même seulement suivant mes fantaisies : dès ce moment, ma façon de penser fut pour moi seule, et je ne montrai plus que celle qu'il m'était utile de laisser voir.

Ce travail sur moi-même avait fixé mon attention sur l'expression des figures et le caractère des physionomies ; et j'y gagnai ce coup d'œil pénétrant, auquel l'expérience m'a pourtant appris à ne pas me fier entièrement ; mais qui, en tout, m'a rarement trompée.

Je n'avais pas quinze ans, je possédais déjà les talents auxquels la plus grande partie de nos politiques doivent leur réputation, et je ne me trouvais encore qu'aux premiers éléments de la science que je voulais acquérir.

Vous jugez bien que, comme toutes les jeunes filles, je cherchais à deviner l'amour et ses plaisirs : mais n'ayant jamais été au couvent, n'ayant point de bonne amie, et surveillée par une mère vigilante, je n'avais que des idées vagues et que je ne pouvais fixer ; la nature même, dont assurément je n'ai eu qu'à me louer depuis, ne me donnait encore aucun indice. On eût dit qu'elle travaillait en silence à perfectionner son ouvrage. Ma tête seule fermentait ; je ne désirais pas de jouir, je voulais savoir ; le désir de m'instruire m'en suggéra les moyens.

Je sentis que le seul homme avec qui je pouvais parler sur cet objet, sans me compromettre, était mon confesseur. Aussitôt je pris mon parti ; je surmontai ma petite honte ; et me vantant d'une faute que je n'avais pas commise, je m'accusai d'avoir fait *tout ce que font les femmes.* Ce fut mon expression ; mais en parlant ainsi je ne savais en vérité, quelle idée j'exprimais. Mon espoir ne fut ni tout à fait trompé, ni entièrement rempli ; la crainte de me trahir m'empêchait de m'éclairer : mais le bon père me fit le mal si grand, que j'en conclus que le plaisir devait être extrême ; et au désir de le connaître succéda celui de le goûter.

Je ne sais où ce désir m'aurait conduite ; et alors dénuée d'expérience, peut-être une seule occasion m'eût perdue : heureusement pour moi, ma mère m'annonça peu de jours après que j'allais me marier ; sur-le-champ la certitude de savoir éteignit ma curiosité, et j'arrivai vierge entre les bras de M. de Merteuil.

J'attendais avec sécurité le moment qui devait m'instruire, et j'eus besoin de réflexion pour montrer de l'embarras et de la crainte. Cette première nuit, dont on se fait pour l'ordinaire une idée si cruelle ou si douce, ne me présentait qu'une occasion d'expérience : douleur et plaisir, j'observai tout exactement, et ne voyais dans ces diverses sensations, que des faits à recueillir et à méditer.

Ce genre d'étude parvint bientôt à me plaire : mais fidèle à mes principes, et sentant, peut-être par instinct, que nul ne devait être plus loin de ma confiance que mon mari, je résolus, par cela seul que j'étais sensible, de me montrer impassible à ses yeux. Cette froideur apparente fut par la suite le fondement inébranlable de son aveugle confiance : j'y joignis, par une seconde réflexion, l'air d'étourderie qu'autorisait mon âge ; et jamais il ne me jugea plus enfant que dans les moments où je le jouais avec plus d'audace.

Cependant, je l'avouerai, je me laissai d'abord entraîner par le tourbillon du monde, et je me livrai tout entière à ses distractions futiles. Mais au bout de quelques mois, M. de Merteuil m'ayant menée à sa triste campagne, la crainte de l'ennui fit revenir le goût de l'étude ; et ne m'y trouvant entourée que de gens dont la distance avec moi me mettait à l'abri de tout soupçon, j'en profitai pour donner un champ plus vaste à mes expériences. Ce fut là, surtout, que je m'assurai que l'amour que l'on nous vante comme la cause de nos plaisirs, n'en est au plus que le prétexte.

La maladie de M. de Merteuil vint interrompre de si douces occupations ; il fallut le suivre à la ville, où il venait chercher des secours. Il mourut, comme vous savez, peu de temps après ; et quoique, à tout prendre, je n'eusse pas à me plaindre de lui, je n'en sentis pas moins vivement le prix de la liberté qu'allait me donner mon veuvage, et je me promis bien d'en profiter.

Ma mère comptait que j'entrerais au couvent, ou reviendrais vivre avec elle. Je refusai l'un et l'autre parti ; et tout ce que j'accordai à la décence, fut de retourner dans cette même campagne, où il me restait bien encore quelques observations à faire.

Je les fortifiai par le secours de la lecture : mais ne croyez pas qu'elle fût toute du genre que vous la supposez. J'étudiai nos mœurs dans les romans ; nos opinions dans les philosophes ; je cherchai même dans les moralistes les plus sévères ce qu'ils exigeaient de nous, et je m'assurai ainsi de ce qu'on pouvait faire, de ce qu'on devait penser, et de ce qu'il fallait paraître. Une fois fixée sur ces trois objets, le dernier seul présentait quelques difficultés dans son exécution ; j'espérai les vaincre et j'en méditai les moyens.

Je commençais à m'ennuyer de mes plaisirs rustiques, trop peu variés pour ma tête active ; je sentais un besoin de coquetterie qui me raccommoda avec l'amour ; non pour le ressentir à la vérité, mais pour l'inspirer et le feindre. En vain m'avait-on dit, et avais-je lu qu'on ne pouvait feindre ce sentiment ; je voyais pourtant que, pour y parvenir, il suffisait de joindre à l'esprit d'un auteur, le talent d'un comédien. Je m'exerçai dans les deux genres, et peut-être avec quelque succès : mais au lieu de rechercher les vains applaudissements du théâtre, je résolus d'employer à mon bonheur ce que tant d'autres sacrifiaient à la vanité.

Un an se passa dans ces occupations différentes. Mon deuil me permettant alors de reparaître, je revins à la ville avec mes grands projets ; je ne m'attendais pas au premier obstacle que j'y rencontrai.

Cette longue solitude, cette austère retraite, avaient jeté sur moi un vernis de pruderie qui effrayait nos plus agréables ; ils se tenaient à l'écart, et me laissaient livrée à une foule d'ennuyeux, qui tous prétendaient à ma main. L'embarras n'était pas de les refuser ; mais plusieurs de ces refus déplaisaient à ma famille, et je perdais dans ces tracasseries intérieures le temps dont je m'étais promis un si charmant usage. Je fus donc obligée, pour rappeler les uns et éloigner les autres, d'afficher quelques inconséquences, et d'employer à nuire à ma réputation, le soin que je comptais mettre à la conserver. Je réussis facilement, comme vous pouvez croire. Mais n'étant emportée par aucune passion, je ne fis que ce que je jugeai nécessaire, et mesurai avec prudence les doses de mon étourderie.

Dès que j'eus touché le but que je voulais atteindre, je revins sur mes pas, et fis honneur de mon amendement à quelques-unes de ces femmes qui, dans l'impuissance d'avoir des prétentions à l'agrément, se rejettent sur celles du mérite et de la vertu. Ce fut un coup de partie qui me valut plus que je n'avais espéré. Ces reconnaissantes duègnes s'établirent mes apologistes ; et leur zèle aveugle, pour ce qu'elles appelaient leur ouvrage, fut porté au point qu'au moindre propos qu'on se permettait sur moi, tout le parti prude criait au scandale et à l'injure. Le même moyen me valut encore le suffrage de nos femmes à prétentions, qui, persuadées que je renonçais à courir la même carrière qu'elles, me choisirent pour l'objet de leurs éloges, toutes les fois qu'elles voulaient prouver qu'elles ne médisaient pas de tout le monde.

Cependant ma conduite précédente avait ramené les amants ; et pour me ménager entre eux et mes infidèles protectrices, je me montrai comme une femme sensible, mais difficile, à qui l'excès de sa délicatesse fournissait des armes contre l'amour.

Alors je commençai à déployer sur le grand théâtre, les talents que je m'étais donnés. Mon premier soin fut d'acquérir le renom d'invincible. Pour y parvenir, les hommes qui ne me plaisaient point furent toujours les seuls dont j'eus l'air d'accepter les hommages. Je les employais utilement à me procurer les honneurs de la résistance, tandis que je me livrais sans crainte à l'amant préféré. Mais, celui-là, ma feinte timidité ne lui a jamais permis de me suivre dans le monde ; et les regards du cercle ont été, ainsi, toujours fixés sur l'amant malheureux.

Vous savez combien je me décide vite : c'est pour avoir observé que ce sont presque toujours les soins antérieurs qui livrent le secret des femmes. Quoi qu'on puisse faire, le ton n'est jamais le même, avant ou après le succès. Cette différence n'échappe point à l'observateur attentif et j'ai trouvé moins dangereux de me tromper dans le choix, que de me laisser pénétrer. Je gagne encore par là d'ôter les vraisemblances, sur lesquelles seules on peut nous juger.

Ces précautions et celle de ne jamais écrire, de ne délivrer jamais aucune preuve de ma défaite, pouvaient paraître excessives, et ne m'ont jamais paru suffisantes. Descendue dans mon cœur, j'y ai étudié celui des autres. J'y ai vu qu'il n'est personne qui n'y conserve un secret qu'il lui importe qui ne soit point dévoilé : vérité que l'antiquité paraît avoir mieux connue que nous, et dont l'histoire de Samson pourrait n'être qu'un ingénieux emblème. Nouvelle Dalila, j'ai toujours, comme elle, employé ma puissance à surprendre ce secret important. Hé ! de combien de nos Samsons modernes, ne tiens-je pas la chevelure sous le ciseau ! et ceux-là, j'ai cessé de les craindre ; ce sont les seuls que je me sois permis d'humilier quelquefois. Plus souple avec les autres, l'art de les rendre infidèles pour éviter de leur paraître volage, une feinte amitié, une apparente confiance, quelques procédés généreux, l'idée flatteuse et que chacun conserve d'avoir été mon seul amant, m'ont obtenu leur discrétion. Enfin, quand ces moyens m'ont manqué, j'ai su, prévoyant mes ruptures, étouffer d'avance, sous le ridicule ou la calomnie, la confiance que ces hommes dangereux auraient pu obtenir.

Ce que je vous dis là, vous me le voyez pratiquer sans cesse ; et vous doutez de ma prudence ! Hé bien ! rappelez-vous le temps où vous me rendîtes vos premiers soins : jamais hommage ne me flatta autant : je vous désirais avant de vous avoir vu. Séduite par votre réputation, il me semblait que vous manquiez à ma gloire ; je brûlais de vous combattre corps à corps. C'est le seul de mes goûts qui ait jamais pris un moment d'empire sur moi. Cependant, si vous eussiez voulu me perdre, quels moyens eussiez-vous trouvés ? de vains discours qui ne laissent aucune trace après eux, que votre réputation même eût aidé à rendre suspects, et une suite de faits sans vraisemblance, dont le récit sincère aurait l'air d'un roman mal tissu.

À la vérité, je vous ai depuis livré tous mes secrets : mais vous savez quels intérêts nous unissent, et si de nous deux, c'est moi qu'on doit taxer d'imprudence [1].

Puisque je suis en train de vous rendre compte, je veux le faire exactement. Je vous entends d'ici me dire que je suis au moins à la merci de ma femme de chambre ; en effet, si elle n'a pas le secret de mes sentiments, elle a celui de mes actions. Quand vous m'en parlâtes jadis, je vous répondis seulement que j'étais sûre d'elle ; et la preuve que cette réponse suffit alors à votre tranquillité, c'est que vous lui avez confié depuis, et pour votre compte, des secrets assez dangereux. Mais à présent que Prévan vous donne de l'ombrage, et que la tête vous en tourne, je me doute bien que vous ne me croyez plus sur parole. Il faut donc vous édifier.

Premièrement, cette fille est ma sœur de lait, et ce lien qui ne nous en paraît pas un, n'est pas sans force pour les gens de cet état : de plus, j'ai son secret, et mieux encore ; victime d'une folie de l'amour, elle était perdue si je ne l'eusse sauvée. Ses parents, tout hérissés d'honneur, ne voulaient pas moins que la faire enfermer. Ils s'adressèrent à moi. Je vis, d'un coup d'œil, combien leur courroux pouvait m'être utile. Je le secondai, et sollicitai l'ordre, que j'obtins. Puis passant tout à coup au parti de la clémence auquel j'amenai ses parents, et profitant

1. On saura dans la suite, lettre CLII, non pas le secret de M. de Valmont, mais à peu près de quel genre il était, et le lecteur sentira qu'on n'a pas pu l'éclaircir davantage sur cet objet. [Note de l'auteur.]

de mon crédit auprès du vieux ministre, je les fis tous consentir à me laisser dépositaire de cet ordre, et maîtresse d'en arrêter ou demander l'exécution, suivant que je jugerais du mérite de la conduite future de cette fille. Elle sait donc que j'ai son sort entre les mains ; et quand, par impossible, ces moyens puissants ne l'arrêteraient point, n'est-il pas évident que sa conduite dévoilée et sa punition authentique ôteraient bientôt toute créance à ses discours ?

À ces précautions que j'appelle fondamentales, s'en joignent mille autres, ou locales, ou d'occasion, que la réflexion et l'habitude font trouver au besoin ; dont le détail serait minutieux, mais dont la pratique est importante, et qu'il faut vous donner la peine de recueillir dans l'ensemble de ma conduite, si vous voulez parvenir à les connaître.

Mais de prétendre que je me sois donné tant de soins pour n'en pas retirer de fruits ; qu'après m'être autant élevée au-dessus des autres femmes par mes travaux pénibles, je consente à ramper comme elles dans ma marche, entre l'imprudence et la timidité ; que surtout je pusse redouter un homme au point de ne plus voir mon salut que dans la fuite ? Non, Vicomte ; jamais. Il faut vaincre ou périr. Quant à Prévan, je veux l'avoir et je l'aurai ; il veut le dire, et il ne le dira pas : en deux mots, voilà notre roman. Adieu.

Les Liaisons dangereuses, 1782.

16

Marcel Proust

*On sait que Proust (1871-1922) ne conçoit au fond pas de grande différence entre l'amour et la jalousie, car celui-ci implique toujours si peu que ce soit celle-là, comme une sorte d'*a priori *du sentiment amoureux, qui précède tout événement pouvant la justifier, le cas échéant. Car, ainsi que l'écrit Proust dans* La Prisonnière *: « Comme il n'est de connaissance, on peut presque dire qu'il n'est de jalousie que de soi-même. L'observation compte peu. Ce n'est que du plaisir ressenti par soi-même qu'on peut tirer savoir et douleur. »*

Comment n'avais-je pas depuis longtemps remarqué que les yeux d'Albertine appartenaient à la famille de ceux qui, même chez un être médiocre, semblent faits de plusieurs morceaux à cause de tous les lieux où l'être veut se trouver – et cacher qu'il veut se trouver – ce jour-là ? Des yeux, par mensonge toujours immobiles et passifs, mais dynamiques, mesurables par les mètres ou kilomètres à franchir pour se trouver au rendez-vous voulu, implacablement voulu, des yeux qui sourient moins encore au plaisir qui les tente qu'ils ne s'auréolent de la tristesse et du découragement qu'il y aura peut-être une difficulté pour aller au rendez-vous. Entre vos mains mêmes, ces êtres-là sont des êtres de fuite. Pour comprendre les émotions qu'ils donnent et que d'autres êtres, mêmes plus beaux, ne donnent pas, il faut calculer qu'ils sont non pas immobiles, mais en mouvement, et ajouter à leur personne un signe correspondant à ce qu'en physique est le signe qui signifie vitesse. Si vous dérangez leur journée, ils vous avouent le plaisir qu'ils vous avaient caché : « Je voulais tant aller goûter à cinq heures avec telle personne que j'aime. » Eh bien, si, six mois après, vous arrivez à connaître la personne en question, vous apprendrez que jamais la jeune fille dont vous aviez dérangé les projets, qui, prise au piège, pour que vous la laissiez libre, vous avait avoué le goûter qu'elle faisait ainsi avec une personne aimée, tous les jours à l'heure où vous ne la voyiez pas, vous apprendrez que cette personne ne l'a jamais reçue, qu'elles n'ont jamais goûté ensemble, et que la jeune fille disait être très prise, par vous, précisément. Ainsi la personne avec qui elle avait confessé qu'elle allait goûter, avec qui elle vous avait supplié de la laisser goûter, cette personne, raison avouée par la nécessité, ce n'était pas elle, c'était une autre, c'était encore autre chose ! Autre chose, quoi ? Une autre, qui ?

Hélas, les yeux fragmentés, portant au loin et tristes, permettraient peut-être de mesurer les distances, mais n'indiquent pas les directions. Le champ infini des possibles s'étend, et si, par hasard, le réel se présentait devant nous, il serait tellement en dehors des possibles que, dans un brusque étourdissement, allant taper contre ce mur surgi, nous tomberions à la renverse. Le mouvement et la fuite constatés ne sont même pas indispensables, il suffit que nous les induisions. Elle nous avait promis une lettre, nous étions calme, nous n'aimions plus. La lettre n'est pas venue, aucun courrier n'en apporte, que se passe-t-il ? l'anxiété renaît et l'amour. Ce sont surtout de tels êtres qui nous inspirent l'amour, pour notre désolation.

Car chaque anxiété nouvelle que nous éprouvons par eux enlève à nos yeux de leur personnalité. Nous étions résignés à la souffrance, croyant aimer en dehors de nous, et nous nous apercevons que notre amour est fonction de notre tristesse, que notre amour c'est peut-être notre tristesse, et que l'objet n'en est que pour une faible part la jeune fille à la noire chevelure. Mais enfin, ce sont surtout de tels êtres qui inspirent l'amour.

Le plus souvent l'amour n'a pas pour objet un corps, excepté si une émotion, la peur de le perdre, l'incertitude de le retrouver se fondent en lui. Or ce genre d'anxiété a une grande affinité pour les corps. Il leur ajoute une qualité qui passe la beauté même ; ce qui est une des raisons pourquoi l'on voit des hommes, indifférents aux femmes les plus belles, en aimer passionnément certaines qui nous semblent laides. À ces êtres-là, à ces êtres de fuite, leur nature, notre inquiétude attachent des ailes. Et même auprès de nous leur regard semble nous dire qu'ils vont s'envoler. La preuve de cette beauté surpassant la beauté qu'ajoutent les ailes est que bien souvent pour nous un même être est successivement sans ailes et ailé. Que nous craignions de le perdre, nous oublions tous les autres. Sûrs de le garder, nous le comparons à ces autres, qu'aussitôt nous lui préférons. Et comme ces émotions et ces certitudes peuvent alterner d'une semaine à l'autre, un être peut une semaine se voir sacrifier tout ce qui plaisait, la semaine suivante être sacrifié, et ainsi de suite pendant très longtemps. Ce qui serait incompréhensible si nous ne savions par l'expérience que tout homme a d'avoir dans sa vie au moins une fois cessé d'aimer, oublié une femme, le peu de chose qu'est en soi-même un être quand il n'est plus, ou qu'il n'est pas encore, perméable à nos émotions. Et, bien entendu, si nous disons : êtres de fuite, c'est également vrai des êtres en prison, des femmes captives, qu'on croit qu'on ne pourra jamais avoir. Aussi les hommes détestent les entremetteuses, car elles facilitent la fuite, font briller la tentation, mais s'ils aiment au contraire une femme cloîtrée, ils recherchent volontiers les entremetteuses pour les faire sortir de leur prison et nous les amener. Dans la mesure où les unions avec les femmes qu'on enlève sont moins durables que d'autres, la cause en est que la peur de ne pas arriver à les obtenir ou l'inquiétude de les voir fuir est tout notre amour, et qu'une fois enlevées à leur mari, arrachées à leur théâtre, guéries de la tentation de nous quitter, dissociées, en un mot, de notre émotion quelle qu'elle soit, elles sont seulement elles-mêmes, c'est-à-dire presque rien, et, si longtemps convoitées, sont quittées bientôt par celui-là même qui avait si peur d'être quitté par elles.

La Prisonnière, 1925.

17

Stendhal

La Chartreuse de Parme *de Stendhal (1783-1842) est un des plus grands romans d'amour jamais écrits, non seulement parce qu'il en traite essentiellement – comme bien d'autres romans, pour ne pas dire la plupart –, mais parce qu'il produit un extraordinaire effet communicatif, qui fait ressentir à son lecteur la passion et l'enthousiasme de ses personnages en lui faisant revivre, en quelque sorte, la naissance de tels sentiments. Dans le passage suivant, Stendhal nous montre Mosca, homme pondéré et circonspect, en proie aux tortures de la jalousie après certaines insinuations du prince Ranuce-Ernest IV dont il est le ministre, au sujet de sa maîtresse, la duchesse Sanseverina. Le voilà soudain possédé par une sorte de délire dont il se rend compte en même temps qu'il en subit la force dévastatrice.*

Faut-il parler de l'humeur abominable qui agitait le Premier ministre, comte Mosca della Rovère, à l'instant où il lui fut permis de quitter son auguste maître ? Ranuce-Ernest IV était parfaitement habile dans l'art de torturer un cœur, et je pourrais faire ici sans trop d'injustice la comparaison du tigre qui aime à jouer avec sa proie.

Le comte se fit reconduire chez lui au galop ; il cria en passant qu'on ne laissât monter âme qui vive, fit dire à l'*auditeur* de service qu'il lui rendait la liberté (savoir un être humain à portée de sa voix lui était odieux), et courut s'enfermer dans la grande galerie de tableaux. Là enfin il put se livrer à toute sa fureur ; là il passa la soirée sans lumières à se promener au hasard, comme un homme hors de lui. Il cherchait à imposer silence à son cœur, pour concentrer toute la force de son attention dans la discussion du parti à prendre. Plongé dans des angoisses qui eussent fait pitié à son plus cruel ennemi, il se disait : L'homme que j'abhorre loge chez la duchesse, passe tous ses moments avec elle. Dois-je tenter de faire parler une de ses femmes ? Rien de plus dangereux ; elle est si bonne ; elle les paie bien ! elle en est adorée ! (Et de qui, grand Dieu, n'est-elle pas adorée !) Voici la question, reprenait-il avec rage :

Faut-il laisser deviner la jalousie qui me dévore, ou ne pas en parler ?

Si je me tais, on ne se cachera point de moi. Je connais Gina, c'est une femme toute de premier mouvement ; sa conduite est imprévue même pour elle ; si elle veut se tracer un rôle d'avance, elle s'embrouille ; toujours, au moment de l'action, il lui vient une nouvelle idée qu'elle suit avec transport comme étant ce qu'il y a de mieux au monde, et qui gâte tout.

Ne disant mot de mon martyre, on ne se cache point de moi et je vois tout ce qui peut se passer…

Oui, mais en parlant, je fais naître d'autres circonstances ; je fais faire des réflexions ; je préviens beaucoup de ces choses horribles qui peuvent arriver… Peut-être on l'éloigne (le comte respira), alors j'ai presque partie gagnée ; quand même on aurait un peu d'humeur dans le moment, je la calmerai… et cette humeur quoi de plus naturel ?… elle l'aime comme un fils depuis quinze ans. Là gît tout mon espoir : *comme un fils*… mais elle a cessé de le voir depuis sa fuite pour Waterloo ; mais en revenant de Naples, surtout pour elle, c'est un autre homme. *Un autre homme*, répéta-t-il avec rage, et cet homme est charmant ; il a surtout cet air naïf et tendre et cet œil souriant qui promettent tant de bonheur ! et ces yeux-là la duchesse ne doit pas être accoutumée à les trouver à notre cour !… Ils y sont remplacés par le regard morne et sardonique. Moi-même, poursuivi par les affaires, ne régnant que par mon influence sur un homme qui voudrait me tourner en ridicule, quels regards dois-je avoir souvent ? Ah ! quelques soins que je prenne, c'est surtout mon regard qui doit être vieux en moi ! Ma gaieté n'est-elle pas toujours voisine de l'ironie ?… Je dirai plus, ici il faut être sincère, ma gaieté ne laisse-t-elle pas entrevoir, comme chose toute proche, le pouvoir absolu… et la méchanceté ? Est-ce que quelquefois je ne me dis pas à moi-même, surtout quand on m'irrite : Je puis ce que je veux ? et même j'ajoute une sottise : je dois être plus heureux qu'un autre, puisque je possède ce que les autres n'ont pas : le pouvoir souverain dans les trois quarts des choses. Eh bien ! soyons juste ; l'habitude de cette pensée doit gâter mon sourire… doit me donner un air d'égoïsme… content… Et, comme son sourire à lui est charmant ! il respire le bonheur facile de la première jeunesse, et il le fait naître.

Par malheur pour le comte, ce soir-là le temps était chaud, étouffé, annonçant la tempête ; de ces temps, en un mot, qui, dans ces pays-là, portent aux résolutions extrêmes. Comment rapporter tous les raisonnements, toutes les façons de voir ce qui lui arrivait, qui, durant trois mortelles heures, mirent à la torture cet homme passionné ? Enfin le parti de la prudence l'emporta, uniquement par suite de cette réflexion : Je suis fou, probablement ; en croyant raisonner, je ne raisonne pas ; je me retourne seulement pour chercher une position moins cruelle, je passe sans la voir à côté de quelque raison décisive. Puisque je suis aveuglé par l'excessive douleur, suivons cette règle, approuvée de tous les gens sages, qu'on appelle *prudence*.

D'ailleurs, une fois que j'ai prononcé le mot fatal *jalousie*, mon rôle est tracé à tout jamais. Au contraire, ne disant rien aujourd'hui, je puis parler demain, je reste maître de tout. La crise était trop forte, le comte serait devenu fou, si elle eût duré. Il fut soulagé pour quelques instants, son attention vint à s'arrêter sur la lettre anonyme. De quelle part pouvait-elle venir ? Il y eut là une recherche de noms, et un jugement à propos de chacun d'eux, qui fit diversion. À la fin, le comte se rappela un éclair de malice qui avait jailli de l'œil du souverain quand il en était venu à dire, vers la fin de l'audience : Oui, cher ami, convenons-en, les plaisirs et les soins de l'ambition la plus heureuse, même du pouvoir sans bornes, ne sont rien auprès du bonheur intime que donnent les relations de tendresse et d'amour. Je suis homme avant d'être prince, et, quand j'ai le bonheur d'aimer, ma maîtresse s'adresse à l'homme et non au prince. Le comte rapprocha ce moment de bonheur malin de cette phrase de la lettre : *C'est grâce à votre profonde sagacité que nous voyons cet État si bien gouverné.* Cette phrase est du prince, s'écria-t-il, chez un courtisan elle serait d'une imprudence gratuite ; la lettre vient de Son Altesse.

Ce problème résolu, la petite joie causée par le plaisir de deviner fut bientôt effacée par la cruelle apparition des grâces charmantes de Fabrice, qui revint de nouveau. Ce fut comme un poids énorme qui retomba sur le cœur du malheureux. Qu'importe de qui soit la lettre anonyme ! s'écria-t-il avec fureur, le fait qu'elle me dénonce en existe-t-il moins ? Ce caprice peut changer ma vie, dit-il comme pour s'excuser d'être tellement fou. Au premier moment, si elle l'aime d'une certaine façon, elle part avec lui pour Belgirate, pour la Suisse, pour quelque coin du monde. Elle est riche, et d'ailleurs, dût-elle vivre avec quelques louis chaque année, que lui importe ? Ne m'avouait-elle pas, il n'y a pas huit jours, que son palais, si bien arrangé, si magnifique, l'ennuie ? Il faut du nouveau à cette âme si jeune ! Et avec quelle simplicité se présente cette félicité nouvelle ! elle sera entraînée avant d'avoir songé au danger, avant d'avoir songé à me plaindre ! Et je suis pourtant si malheureux ! s'écria le comte fondant en larmes.

Il s'était juré de ne pas aller chez la duchesse ce soir-là, mais il n'y put tenir ; jamais ses yeux n'avaient eu une telle soif de la regarder. Sur le minuit il se présenta chez elle ; il la trouva seule avec son neveu, à dix heures elle avait renvoyé tout le monde et fait fermer sa porte.

À l'aspect de l'intimité tendre qui régnait entre ces deux êtres, et de la joie naïve de la duchesse, une affreuse difficulté s'éleva devant les yeux du comte, et à l'improviste ! il n'y avait pas songé durant la longue délibération dans la galerie de tableaux : comment cacher sa jalousie ?

Ne sachant à quel prétexte avoir recours, il prétendit que ce soir-là, il avait trouvé le prince excessivement prévenu contre lui, contredisant toutes ses assertions, etc., etc. Il eut la douleur de voir la duchesse l'écouter à peine, et ne faire aucune attention à ces circonstances qui, l'avant-veille encore, l'auraient jetée dans des raisonnements infinis. Le comte regarda Fabrice : jamais cette belle figure lombarde ne lui avait paru si simple et si noble ! Fabrice faisait plus d'attention que la duchesse aux embarras qu'il racontait.

Réellement, se dit-il, cette tête joint l'extrême bonté à l'expression d'une certaine joie naïve et tendre qui est irrésistible. Elle semble dire : il n'y a que l'amour et le bonheur qu'il donne qui soient choses sérieuses en ce monde. Et pourtant arrive-t-on à quelque détail où l'esprit soit nécessaire, son regard se réveille et vous étonne, et l'on reste confondu.

Tout est simple à ses yeux parce que tout est vu de haut. Grand Dieu ! comment combattre un tel ennemi ? Et après tout, qu'est-ce que la vie sans l'amour de Gina ? Avec quel ravissement elle semble écouter les charmantes saillies de cet esprit si jeune, et qui, pour une femme, doit sembler unique au monde !

Une idée atroce saisit le comte comme une crampe : le poignarder là devant elle, et me tuer après ?

Il fit un tour dans la chambre se soutenant à peine sur ses jambes, mais la main serrée convulsivement autour du manche de son poignard. Aucun des deux ne faisait attention à ce qu'il pouvait faire. Il dit qu'il allait donner un ordre à son laquais, on ne l'entendit même pas ; la duchesse riait tendrement d'un mot que Fabrice venait de lui adresser. Le comte s'approcha d'une lampe dans le premier salon, et regarda si la pointe de son poignard était bien affilée. Il faut être gracieux et de manières parfaites envers ce jeune homme, se disait-il en revenant et se rapprochant d'eux.

Il devenait fou ; il lui sembla qu'en se penchant ils se donnaient des baisers, là, sous ses yeux. Cela est impossible en ma présence, se dit-il ; ma raison s'égare. Il faut se calmer ; si j'ai des manières rudes, la duchesse est capable, par simple pique de vanité, de le suivre à Belgirate ; et là, ou pendant le voyage, le hasard peut amener un mot qui donnera un nom à ce qu'ils sentent l'un pour l'autre ; et après, en un instant, toutes les conséquences.

La solitude rendra ce mot décisif, et d'ailleurs, une fois la duchesse loin de moi, que devenir ? et si, après beaucoup de difficultés surmontées du côté du prince, je vais montrer ma figure vieille et soucieuse à Belgirate, quel rôle jouerai-je au milieu de ces gens fous de bonheur ?

Ici même que suis-je autre chose que le *terzo incomodo* (cette belle langue italienne est toute faite pour l'amour) ! *Terzo incomodo* (un tiers présent qui incommode) ! Quelle douleur pour un homme d'esprit de sentir qu'on joue ce rôle exécrable, et de ne pouvoir prendre sur soi de se lever et de s'en aller !

Le comte allait éclater ou du moins trahir sa douleur par la décomposition de ses traits. Comme en faisant des tours dans le salon, il se trouvait près de la porte, il prit la fuite en criant d'un air bon et intime : Adieu vous autres ! il faut éviter le sang, se dit-il.

La Chartreuse de Parme, 1839.

V

RENCONTRES

L'amour, qu'est-ce sinon d'abord une rencontre ? Celle-ci peut-être provoquée, « arrangée », ou pur fruit du hasard. Il n'empêche que c'est lorsqu'elle se produit vraiment que naît l'amour. Ce moment bouleversant, les amants s'en souviennent toujours et peuvent en éprouver la nostalgie au point souvent de le célébrer périodiquement, quitte à le vider de tout son sens passionnel pour l'embaumer dans une sorte de récit officiel consacré par des photographies, voire des films, qui ne sont le plus souvent que des entreprises de reconstitution a posteriori. *Car le prix de l'intensité amoureuse lié à la rencontre, c'est aussi son caractère fugitif, ce qu'a parfaitement saisi Baudelaire dans son célèbre poème* À une passante.

Pour les surréalistes qui, comme toutes les avant-gardes, mettent l'art au service de la vie, ou revendiquent en tout cas leur caractère indissociable, l'amour a partie liée avec la poésie comme expérience vécue. Les livres d'André Breton, qui condamne le roman comme genre, rendent compte de moments d'existence vécus par le poète mais emblématiques à ses yeux de ce qu'est la « vraie vie » pour tous. Or le thème de la rencontre va de pair avec celui de l'attente, si vague ou indéterminée soit-elle. Ce que l'on pourrait aussi nommer, dans des termes plus contemporains, une « disponibilité », c'est-à-dire une attente sans objet. Sans elle en effet, sans ce *qu'elle suscite en nous d'*inquiétude *dans le regard et dans l'écoute, les signes que quelqu'un ou quelque chose nous concerne restent indéchiffrables.*

Ces possibles auxquels nous prêtons ainsi attention restent parfois simplement suspendus ; captés et rêvés par nous, ils procurent des joies mélancoliques auxquelles Proust était particulièrement réceptif, comme on le voit dans ce texte du Contre Sainte-Beuve *où chaque visage aperçu, dont la beauté frappe l'auteur, multiplie « les possibilités de bonheur ». Car, ajoute-t-il, « chaque être est comme un idéal encore inconnu qui s'ouvre à nous. Et de voir passer un visage désirable que nous ne connaissions pas nous ouvre de nouvelles vies que nous désirons vivre ». Ce qui ne saurait nous dissimuler que l'amour est une expérience unique et bien réelle à laquelle nous sommes souvent mal préparés, qui nous fait peur aussi et que, pour de multiples raisons, nous ne consentons souvent à vivre qu'à moitié. Difficulté que souligne bien Rilke dans sa lettre au destinataire des* Lettres à un jeune poète, *quand il lui écrit : « Pas plus que dans la mort qui est difficile, dans l'amour, lui aussi difficile, celui qui va gravement n'aura l'aide d'aucune lumière, d'aucune réponse déjà faite, d'aucun chemin tracé d'avance. Pas plus pour l'un que pour l'autre de ces devoirs que nous portons, cachés en nous-mêmes, et que nous transmettons à ceux qui nous suivent sans les avoir éclaircis, on ne peut donner de règles générales. Dans la mesure où nous sommes seuls, l'amour et la mort se rapprochent. »*

18
André Breton

Dans la trilogie Nadja *(1929),* Les Vases communicants *(1932) et* L'Amour fou *(1937), André Breton développe les thèmes de l'amour et de l'aventure, du hasard et de la rencontre. Dans ces textes, le monde est peuplé de signes prémonitoires qui ne demandent qu'à être déchiffrés par l'esprit que l'amour rend particulièrement attentif. Le désir permet alors de croire à une forme de prédestination qui n'est autre que sa propre réalisation, à la faveur de la rencontre de son objet.*

Cette jeune femme qui venait d'entrer était comme entourée d'une vapeur – vêtue d'un feu ? – Tout se décolorait, se glaçait auprès de ce teint rêvé sur un accord parfait de rouillé et de vert : l'ancienne Égypte, une petite fougère inoubliable rampant au mur intérieur d'un très vieux puits, le plus vaste, le plus profond et le plus noir de tous ceux sur lesquels je me suis penché, à Villeneuve-lès-Avignon, dans les ruines d'une ville splendide du XIVe siècle français, aujourd'hui abandonnée aux bohémiens. Ce teint jouait, en se fonçant encore du visage aux mains, sur un rapport de tons fascinant entre le soleil extraordinairement pâle des cheveux en bouquet de chèvrefeuille – la tête se baissait, se relevait, très inoccupée – et le papier qu'on s'était fait donner pour écrire, dans l'intervalle d'une robe si émouvante peut-être à cet instant que je ne la vois plus. C'était quelque être très jeune, mais de qui ce signe distinctif ne s'imposait cependant pas à première vue, en raison de cette illusion qu'il donnait de se déplacer en plein jour dans la lumière d'une lampe. Je l'avais déjà vu pénétrer deux ou trois fois dans ce lieu : il m'avait à chaque fois été annoncé, avant de s'offrir à mon regard, par je ne sais quel mouvement de saisissement d'épaule à épaule ondulant jusqu'à moi à travers cette salle de café depuis la porte. Ce mouvement, dans la mesure même où, agitant une assistance vulgaire, il prend très vite un caractère hostile, que ce soit dans la vie ou dans l'art, m'a toujours averti de la présence du *beau*. Et je puis bien dire qu'à cette place, le 29 mai 1934, cette femme était *scandaleusement* belle. Une telle certitude, pour moi assez exaltante à cette époque par elle-même, risquait d'ailleurs fort de m'obséder durant le temps qui s'écoulait entre ses apparitions réelles, puisqu'une intuition très vague, dès les premiers instants, m'avait permis d'envisager que le destin de cette jeune femme pût un jour, et si faiblement que ce fût, entrer en composition avec le mien. Je venais d'écrire quelques jours plus tôt le texte inaugural de ce livre, texte qui rend assez bien compte de mes dispositions mentales, affectives d'alors : besoin de concilier l'idée de l'amour unique et sa négation plus ou moins fatale dans le cadre social actuel, souci de prouver qu'une solution plus que suffisante, nettement excédante, des problèmes vitaux, peut être toujours attendue de l'abandon des voies logiques ordinaires. Je n'ai jamais cessé de croire que l'amour, entre tous les états par lesquels l'homme peut passer, est le plus grand pourvoyeur en matière de solutions de ce genre, tout en étant lui-même le lieu idéal de jonction, de fusion de ces solutions. Les hommes désespèrent stupidement de l'amour – j'en ai désespéré – ils vivent asservis à cette idée que l'amour est toujours derrière eux, jamais *devant* eux : les siècles passés, le mensonge de l'oubli à vingt ans. Ils supportent, ils s'aguerrissent à admettre surtout que l'amour ne soit pas *pour eux*, avec son cortège de clartés, ce regard sur le monde qui est fait de tous les yeux de devins. Ils boitent de souvenirs fallacieux auxquels ils vont jusqu'à prêter l'origine d'une chute immémoriale, pour ne pas se trouver trop coupables. Et pourtant pour chacun la promesse de toute heure à venir contient tout le secret de la vie, en puissance de se révéler un jour occasionnellement dans un autre être.

Cette femme qui venait d'entrer écrivait donc – elle avait également écrit la veille et, même, je m'étais plu très vite à penser qu'elle m'écrivait, surpris ensuite à attendre sa lettre. *Naturellement*, rien. À sept heures et demie, le 29 mai, son retour à une telle attitude – à nouveau le plafond, la plume, un mur, le plafond, jamais son regard ne rencontrait le mien – me causait une légère impatience. Pour peu que je bougeasse, les yeux longtemps levés ne cillaient pas ou presque : à quelques mètres de moi, ils jetaient leur long feu absent d'herbes sèches et le buste le plus gracieux qui soit recommençait à régner sur l'immobilité. Je sentais me posséder peu à peu le tourment d'une interrogation qui s'accommodait mal de rester muette. Comme cette minute m'est proche ! Je sais si peu ce qui me guidait. Mais cette salle, en pleine lumière, s'était allégée de toute autre présence : un dernier flot avait entraîné les amis à qui je continuais à parler.

Cette femme qui venait d'entrer allait bientôt se retrouver dans la rue, où je l'attendais sans me montrer. Dans la rue… L'admirable courant du soir faisait miroiter comme nulle autre cette région la plus vivante et par instants la plus trouble de Montmartre. Et cette silhouette devant moi qui fuyait, interceptée sans cesse par de mobiles buissons noirs. L'espoir – au reste quel espoir ? – ne faisait déjà plus voleter à mes côtés qu'une très petite flamme déteinte. Et les trottoirs bifurquaient inexplicablement tour à tour, selon un itinéraire aussi capricieux que possible. Contre toute apparence, je me demandais si je n'avais pas été aperçu pour qu'on m'entraînât ainsi dans le plus merveilleux chemin des écoliers. Il finit tout de même par me mener quelque part, à une station quelconque de véhicules. Un pas de plus, de moins et, fort étonné, le visage que j'avais follement craint de ne jamais revoir se trouvait tourné vers moi de si près que son sourire à cette seconde me laisse aujourd'hui le souvenir d'un écureuil tenant une noisette verte. Les cheveux, de pluie claire sur des marronniers en fleur… Elle me dit qu'elle m'avait écrit – cette lettre de tout à l'heure m'était destinée – s'étonna qu'on ne me l'eût pas remise et, comme j'étais hors d'état de songer alors à la retenir, prit très vite congé de moi en me donnant rendez-vous ce même soir à minuit.

Je glisse sur les heures de tumulte qui suivirent. Il est deux heures du matin quand nous sortons du Café des Oiseaux. Ma confiance en moi subit une crise assez spéciale et assez grave pour qu'il me paraisse nécessaire d'en donner ici quelque idée si je persiste à vouloir faire le jour sur les suites immédiates de cette rencontre en ce qu'elles ont d'apparemment presque normal et, à la réflexion, de tout à fait inexplicable en raison, sur un autre plan, de leur caractère rigoureusement concerté. Dans la mesure même où j'ai pu m'abandonner durant plusieurs jours à l'idée *a priori* purement séduisante que je puis être en quelque sorte attendu, voire cherché, par un être auquel je prête tant de charmes, le fait que cette idée vient de se découvrir des bases réelles ne peut manquer de me précipiter dans un abîme de négations. De quoi suis-je capable en fin de compte et que ferai-je pour ne pas démériter d'un tel sort ? Je vais devant moi mécaniquement, dans un grand bruit de grilles qu'on ferme. Aimer, retrouver la grâce perdue du premier instant où l'on aime… Toutes sortes de défenses se peignent autour de moi, des rires clairs fusent des années passées pour finir en sanglots, sous les grands battements d'ailes grises d'une nuit peu sûre de printemps. Peu sûre : c'est bien, en effet, toute l'insécurité qui est en moi dès que, cette nuit-là, je me reprends à lire dans l'avenir ce qui pourrait, ce qui devrait être si le cœur *disposait*. La liberté à l'égard des autres êtres, la liberté à l'égard de celui qu'on a été semble ne se faire alors si tentante que pour mieux m'accabler de ses défis. Qui m'accompagne à cette heure dans Paris sans me conduire et que, d'ailleurs, moi non plus, je ne conduis pas ? Je ne me rappelle pas avoir éprouvé de ma vie si grande défaillance. Je me perds presque de vue, il me semble que j'ai été emporté à mon tour comme les figurants de la première scène. La conversation qui, tant que ma trop belle interlocutrice est demeurée assise en face de moi, glissait sans obstacle d'un sujet à l'autre, n'effleure plus maintenant que le masque des choses. Je me sens avec effroi la conduire à sombrer malgré moi dans l'artificiel. J'en suis réduit à m'arrêter de temps à autre pour immobiliser devant moi le visage que je ne puis supporter plus longtemps de voir s'offrir de profil, mais cette démarche enfantine ne me rend, à vrai dire, qu'une très courte assurance. Il me deviendrait peut-être brusquement impossible de faire un pas, sans le secours d'un bras qui vient s'unir à mon bras et me rappeler à la vie réelle en m'éclairant délicieusement de sa pression le contour d'un sein.

L'Amour fou, 1937.

19

Charles Baudelaire

Dans ce poème des Fleurs du mal *(1857), Charles Baudelaire (1821-1867) condense une de ces expériences que tout le monde a pu faire et qui a soudain inscrit en nous la possibilité de l'amour tout comme sa fuite, aussi intensément vécu que l'instant de cette rencontre fut bref.*

La rue assourdissante autour de moi hurlait.
Longue, mince, en grand deuil, douleur majestueuse,
Une femme passa, d'une main fastueuse
Soulevant, balançant le feston et l'ourlet ;

Agile et noble, avec sa jambe de statue.
Moi, je buvais, crispé comme un extravagant,
Dans son œil, ciel livide où germe l'ouragan,
La douceur qui fascine et le plaisir qui tue.

Un éclair… puis la nuit ! – Fugitive beauté
Dont le regard m'a fait soudainement renaître,
Ne te verrai-je plus que dans l'éternité ?

Ailleurs, bien loin d'ici ! trop tard ! jamais peut-être !
Car j'ignore où tu fuis, tu ne sais où je vais,
Ô toi que j'eusse aimée, ô toi qui le savais !

Les Fleurs du mal, 1857.

20

Rainer Maria Rilke

Élève officier à l'Académie militaire de Vienne, Franz Xaver Kappus, alors qu'il avait seulement vingt ans, envoya à Rilke ses premiers poèmes, doutant alors de leur valeur et de leur intérêt. Il s'ensuivit entre eux une correspondance qui dura cinq ans. Kappus publiera ces lettres après la mort de Rilke sous le titre Lettres à un jeune poète. *Dans la lettre qui suit, Rilke parle de la solitude première et nécessaire à la rencontre amoureuse.*

LETTRE VII

Rome, le 14 mai 1904

Mon cher monsieur Kappus,

Un long temps s'est écoulé depuis votre dernière lettre. Ne m'en veuillez pas. Travail, soucis quotidiens, malaises m'ont empêché de vous écrire. Et je tenais à ce que ma réponse vous vînt de jours calmes et bons. (L'avant-printemps, avec ses vilaines sautes d'humeur, a été ici fortement ressenti.) Aujourd'hui je me sens un peu mieux et je viens, cher monsieur Kappus, vous saluer et vous dire de mon mieux (je le fais de tout cœur) diverses choses à propos de votre dernière lettre.

Vous voyez, j'ai copié votre sonnet parce que je l'ai trouvé beau et simple, et né dans une forme qui lui permet de se mouvoir avec une calme décence. De tous les vers que j'ai lus de vous ce sont les meilleurs. Je vous offre cette copie, sachant combien il est important et plein d'enseignements de retrouver son propre travail dans une écriture étrangère. Lisez ces vers comme s'ils étaient d'un autre, et vous sentirez tout au fond de vous-même combien ils sont à vous.

Ce m'a été une joie de relire souvent ce sonnet et votre lettre. Je vous remercie de l'un et de l'autre.

Ne vous laissez pas troubler dans votre solitude parce que vous sentez en vous des velléités d'en sortir. Ces tentations doivent même vous aider si vous les utilisez dans le calme et la réflexion, comme un instrument pour étendre votre solitude à un pays plus riche encore et plus vaste. Les hommes ont pour toutes les choses des solutions faciles (conventionnelles), les plus faciles des solutions faciles. Il est pourtant clair que nous devons nous tenir au difficile. Tout ce qui vit s'y tient. Chaque être se développe et se défend selon son mode et tire de lui-même cette forme unique qui est son propre, à tout prix et contre tout obstacle. Nous savons peu de choses, mais qu'il faille nous tenir au difficile, c'est là une certitude qui ne doit pas nous quitter. Il est bon d'être seul parce que la solitude est difficile. Qu'une chose soit difficile doit nous être une raison de plus de nous y tenir.

Il est bon aussi d'aimer ; car l'amour est difficile. L'amour d'un être humain pour un autre, c'est peut-être l'épreuve la plus difficile pour chacun de nous, c'est le plus haut témoignage de nous-même ; l'œuvre suprême dont toutes les autres ne sont que les préparations. C'est pour cela que les êtres jeunes, neufs en toutes choses, ne savent pas encore aimer ; ils doivent apprendre. De toutes les forces de leur être, concentrées dans leur cœur qui bat anxieux et solitaire, ils apprennent à aimer. Tout apprentissage est un temps de clôture. Ainsi pour celui qui aime, l'amour n'est longtemps, et jusqu'au large de la vie, que solitude, solitude toujours plus intense et plus profonde. L'amour ce n'est pas dès l'abord se donner, s'unir à un autre. (Que serait l'union de deux êtres encore imprécis, inachevés, dépendants ?) L'amour, c'est l'occasion unique de mûrir, de prendre forme, de devenir soi-même un monde pour l'amour de l'être aimé. C'est une haute exigence, une ambition sans limite, qui fait de celui qui aime un élu qu'appelle le large. Dans l'amour, quand il se présente, ce n'est que l'obligation de travailler à eux-mêmes que les êtres jeunes devraient voir (*zu horchen und zu hämmern Tag und Nacht*). Se perdre dans un autre, se donner à un autre, toutes les façons de s'unir ne sont pas encore pour eux. Il leur faut d'abord thésauriser longtemps, accumuler beaucoup. Le don de soi-même est un achèvement : l'homme en est peut-être encore incapable.

Là est l'erreur si fréquente et si grave des jeunes. Ils se précipitent l'un vers l'autre, quand l'amour fond sur eux, car il est dans leur nature de ne pas savoir attendre. Ils se déversent, alors que leur âme n'est qu'ébauche, trouble et désordre. Mais quoi ? Que peut faire la vie de cet enchevêtrement de matériaux gâchés qu'ils appellent leur union et qu'ils voudraient même appeler leur bonheur ? – Et quel lendemain ? Chacun se perd lui-même pour l'amour de l'autre, et perd l'autre aussi et tous ceux qui auraient pu venir encore. Et chacun perd le sens du large et les moyens de le gagner, chacun échange les va-et-vient des choses du silence, pleins de promesses, contre un désarroi stérile d'où ne peuvent sortir que dégoût, pauvreté, désillusion. Il ne lui reste plus qu'à trouver un refuge dans une de ces multiples conventions qui s'élèvent partout comme des abris le long d'un chemin périlleux. Nulle région humaine n'est aussi riche de conventions que celle-là. Canots, bouées, ceintures de sauvetage, la société offre là tous les moyens d'échapper. Enclins à ne voir dans l'amour qu'un plaisir, les hommes l'ont rendu d'accès facile, bon marché, sans risques, comme un plaisir de foire. Combien d'êtres jeunes ne savent pas aimer, combien se bornent à se livrer comme on le fait couramment (bien sûr, la moyenne en restera toujours là) et qui ploient sous leur erreur ! Ils cherchent par leurs propres moyens à rendre vivable et fécond l'état dans lequel ils sont tombés. Leur nature leur dit bien que les choses de l'amour, moins encore que d'autres, importantes aussi, ne peuvent être résolues suivant tel ou tel principe, valant dans tous les cas. Ils sentent bien que c'est là une question qui se pose d'être à être, et qu'il y faut, pour chaque cas, une réponse unique, étroitement personnelle. Mais comment, s'ils se sont déjà confondus, dans la précipitation de leur étreinte, s'ils ont perdu ce qui leur est propre, trouveraient-ils en eux-mêmes un chemin pour échapper à cet abîme où a sombré leur solitude ?

Ils agissent à l'aveugle l'un et l'autre. Ils usent leur meilleur vouloir à se passer de conventions comme le mariage, pour tomber dans des conventions moins voyantes certes, mais tout autant mortelles. C'est qu'il n'est, à leur portée, que des conventions. Tout ce qui vient de ces unions troubles, qui doivent leur confusion à la hâte, ne peut être que convention. Les rapports qui naissent de telles erreurs portent un compromis en eux-mêmes, même s'il est en dehors des usages (en langage courant : immoral). La rupture même serait un geste conventionnel, impersonnel, fortuit, débile et inefficace. Pas plus que dans la mort qui est difficile, dans l'amour, lui aussi difficile, celui qui va gravement n'aura l'aide d'aucune lumière, d'aucune réponse déjà faite, d'aucun chemin tracé d'avance. Pas plus pour l'un que pour l'autre de ces devoirs que nous portons, cachés en nous-mêmes, et que nous transmettons à ceux qui nous suivent sans les avoir éclaircis, on ne peut donner de règles générales. Dans la mesure où nous sommes seuls, l'amour et la mort se rapprochent. Les exigences de cette redoutable entreprise qu'est l'amour traversant notre vie ne sont pas à la mesure de cette vie, et nous ne sommes pas de taille à y répondre dès nos premiers pas. Mais si, à force de constance, nous acceptons de subir l'amour comme un dur apprentissage, au lieu de nous perdre aux jeux faciles et frivoles qui permettent aux hommes de se dérober à la gravité de l'existence, – alors peut-être un insensible progrès, un certain allégement pourra venir à ceux qui nous suivront, et longtemps encore après nous. Et ce serait beaucoup.

À peine en arrivons-nous aujourd'hui à considérer sans préjugés les rapports d'un être avec un autre. Nos tentatives pour vivre de tels rapports manquent d'exemples qui les guideraient. Et pourtant le passé enferme des ébauches de vie qui ne demandent qu'à aider nos pas hésitants.

La jeune fille et la femme, dans leur développement propre, n'imiteront qu'un temps les manies et les modes masculines, n'exerceront qu'un temps des métiers d'hommes. Une fois finies ces périodes incertaines de transition, on verra que les femmes n'ont donné dans ces mascarades, souvent ridicules, que pour extirper de leur nature les influences déformantes de l'autre sexe. La femme qu'habite une vie plus spontanée, plus féconde, plus confiante, est sans doute plus mûre, plus près de l'humain que l'homme, – le mâle prétentieux et impatient, qui ignore la valeur de ce qu'il croit aimer, parce qu'il ne tient pas aux profondeurs de la vie, comme la femme, par le fruit de ses entrailles. Cette humanité qu'a mûrie la femme dans la douleur et dans l'humiliation verra le jour quand la femme aura fait tomber les chaînes de sa condition sociale. Et les hommes qui ne sentent pas venir ce jour seront surpris et vaincus. Un jour (des signes certains l'attestent déjà dans les pays nordiques), la jeune fille sera ; la femme sera. Et ces mots « jeune fille », « femme », ne signifient plus seulement le contraire du mâle, mais quelque chose de propre, valant en soi-même ; non point un simple complément, mais une forme complète de la vie : la femme dans sa véritable humanité.

Un tel progrès transformera la vie amoureuse aujourd'hui si pleine d'erreurs (et cela malgré l'homme, qui d'abord sera devancé). L'amour ne sera plus le commerce d'un homme et d'une femme, mais celui d'une humanité avec une autre. Plus près de l'humain, il sera infiniment délicat et plein d'égards, bon et clair dans toutes les choses qu'il noue ou dénoue. Il sera cet amour que nous préparons, en luttant durement : deux solitudes se protégeant, se complétant, se limitant, et s'inclinant l'une devant l'autre.

Ceci encore : ne croyez pas que l'amour que vous avez connu adolescent soit perdu. N'a-t-il pas fait germer en vous des aspirations riches et fortes, des projets dont vous vivez encore aujourd'hui ? Je crois bien que cet amour ne survit si fort et si puissant dans votre souvenir que parce qu'il a été pour vous la première occasion d'être seul au plus profond de vous-même, le premier effort intérieur que vous ayez tenté dans votre vie.

Tous mes vœux, cher monsieur Kappus.

Votre
Rainer Maria Rilke

Lettres à un jeune poète, 1929.

21
Marcel Proust

Dans son Contre Sainte-Beuve, *publié en 1954 à titre posthume, Proust se livre à une série d'études critiques sur ses auteurs de prédilection – Nerval, Balzac, Baudelaire. Il tiendra en très haute estime l'auteur des* Fleurs du mal, *et le passage qui suit est, d'une certaine façon, une rêverie prolongée sur le poème* À une passante. *Il constitue, en tout cas, comme l'amplification sensuelle, à l'évocation d'événements qui auraient pu avoir lieu. Cette possibilité, dont le souvenir est provoqué par l'apparition de certains signes, est l'occasion de leur donner, cette fois, une réalité dans l'esprit de l'écrivain.*

J'aperçois un de ces êtres qui nous dit par son visage particulier la possibilité d'un bonheur nouveau. La beauté, en étant particulière, multiplie les possibilités de bonheur. Chaque être est comme un idéal encore inconnu qui s'ouvre à nous. Et de voir passer un visage désirable que nous ne connaissions pas nous ouvre de nouvelles vies que nous désirons vivre. Ils disparaissent au coin de la rue, mais nous espérons les revoir, nous restons avec l'idée qu'il y a bien plus de vies que nous ne pensions à vivre, et cela donne plus de valeur à notre personne. Un nouveau visage qui a passé, c'est comme le charme d'un nouveau pays qui s'est révélé à nous par un livre. Nous lisons son nom, le train va partir. Qu'importe si nous ne partons pas, nous savons qu'il existe, nous avons une raison de plus de vivre. Ainsi, je regardais par la fenêtre pour voir que la réalité, la possibilité de la vie que je sentais en chaque heure près de moi contenaient d'innombrables possibilités de bonheurs différents. Une jolie fille de plus me garantissait la réalité, la multiformité du bonheur. Hélas ! nous ne connaîtrons pas tous les bonheurs, celui qu'il y aurait à suivre la gaieté de cette fillette blonde, à être connu des yeux graves de ce dur visage sombre, à pouvoir tenir sur ses genoux ce corps élancé, à connaître les commandements et la loi de ce nez busqué, de ces yeux durs, de ce grand front blanc. Du moins nous donnent-ils de nouvelles raisons de vivre…

Parfois l'odeur fétide d'une automobile entrait par la fenêtre, cette odeur que trouvent nous gâter la campagne de nouveaux penseurs qui croient que les joies de l'âme humaine seraient différentes si on voulait, etc., qui croient que l'originalité est dans le fait et non dans l'impression. Mais le fait est si immédiatement transformé par l'impression que cette odeur de l'automobile entrait dans ma chambre tout simplement comme la plus enivrante des odeurs de la campagne en été, celle qui résumait sa beauté et la joie aussi de la parcourir toute, d'approcher d'un but désiré. L'odeur même de l'aubépine ne m'eût apporté l'évocation que d'un bonheur en quelque sorte immobile et limité, celui qui est attaché à une haie. Cette délicieuse odeur de pétrole, couleur du ciel et du soleil, c'était toute l'immensité de la campagne, la joie de partir, d'aller loin entre les bleuets, les coquelicots et les trèfles violets, et de savoir que l'on arrivera au lieu désiré, où notre amie nous attend. Pendant toute la matinée, je m'en souviens, dans ces champs de la Beauce, la promenade m'éloignait d'elle. Elle était restée à une dizaine de lieues de là. Par moments un grand souffle venait, qui couchait les blés au soleil et faisait frémir les arbres. Et dans ce grand pays plat, où les pays les plus lointains semblent la continuation à perte de vue des mêmes lieux, je sentais que ce souffle venait en droite ligne de l'endroit où elle m'attendait, qu'il avait passé sur son visage avant de venir à moi, sans avoir rien rencontré, sur son chemin d'elle à moi, que ces champs indéfinis de blé, de bleuets, de coquelicots, qui étaient comme un seul champ aux deux bouts duquel nous nous serions mis et tendrement attendus, à cette distance où les yeux n'atteignaient pas, mais que franchissait un souffle doux comme un baiser qu'elle m'envoyait, comme son haleine qui venait jusqu'à moi, et que l'automobile me ferait si vite franchir quand il serait l'heure de retourner près d'elle. J'ai aimé d'autres femmes, j'ai aimé d'autres pays. Le charme des promenades est resté attaché moins à la présence de celle que j'aimais, qui me devenait vite si douloureuse, par la peur de l'ennuyer et de lui déplaire, que je ne la prolongeais pas, qu'à l'espoir d'aller vers elle, où je ne restais que sous le prétexte de quelque nécessité et avec l'espoir d'être prié de revenir avec elle. Ainsi un pays était suspendu à un visage. Peut-être ainsi ce visage était-il suspendu à un pays. Dans l'idée que je me faisais de son charme, le pays qu'il habitait, qu'il me ferait aimer, où il m'aiderait à vivre, qu'il partagerait avec moi, où il me ferait trouver de la joie, était un des éléments même du charme, de l'espoir de vie, était dans le désir d'aimer. Ainsi au fond d'un paysage palpitait le charme d'un être. Ainsi dans un être tout un paysage mettait sa poésie.

Ainsi chacun de mes étés eut le visage, la forme d'un être et la forme d'un pays, plutôt la forme d'un même rêve qui était le désir d'un être et d'un pays que je mêlais vite ; des quenouilles de fleurs rouges et bleues dépassant d'un mur ensoleillé, avec des feuilles luisantes d'humidité, étaient la signature à quoi étaient reconnaissables tous mes désirs de nature, une année ; la suivante ce fut un triste lac le matin, sous la brume. L'une après l'autre, et ceux que je tâchai de conduire dans de tels pays, ou pour rester près desquels je renonçai à y aller, ou dont je devenais amoureux parce que j'avais cru – souvent inexactement, mais le prestige restait une fois que je savais m'être trompé – qu'ils y habitaient, l'odeur de l'automobile en passant m'a rendu tous ces plaisirs et m'a invité à de nouveaux, c'est une odeur d'été, de puissance, de liberté, de nature et d'amour.

Contre Sainte-Beuve, 1954.

VI
LA VIE AMOUREUSE

La vie amoureuse est faite de petits gestes et de grandes décisions, dont la valeur dépend de l'appréciation de chacun, mais qui peuvent aussi prêter à de nombreux malentendus. Car, bien entendu, nous ne voyons pas toujours les choses de la même façon, selon notre culture, notre éducation, notre sexe ou les moments de notre existence. La lettre d'amour entretient cette vie amoureuse, en tout cas à ses débuts, même si elle prend plus volontiers aujourd'hui la forme du mail ou du SMS.

Quelle que soit sa modalité, sophistiquée comme elle peut apparaître dans la littérature, ou beaucoup plus immédiate, comme elle se pratique aujourd'hui, la « lettre » d'amour, Barthes a raison de le souligner, n'est pas une « correspondance » mais une expression, *celle d'un sentiment qui « attend sa réponse ». Écrire se réduit presque à un échange de signes de reconnaissance, dont la fonction est de dire « je suis là pour toi » quand l'image ne parvient pas à le montrer.*

La déclaration appartient à cette vie amoureuse ; elle est parfois le coup d'envoi qui permet l'échange de lettres, de coups de téléphone, de messages divers. Elle peut être aussi le moment sans cesse différé qui maintient en quelque sorte en suspens une relation dans cette zone indécidable où s'aiguise le désir de ne pas atteindre son objet. Certaines relations peuvent se poursuivre ainsi sur le mode de la retenue *et, soudain, à la faveur d'un mot, exploser dans une cascade de dérèglements verbaux dont le passage du « vous » au « tu » n'est pas le moindre, comme dans cet extrait de* La Montagne magique.

Que la destination d'une vie à deux soit le mariage n'est pas une évidence pour tous. Elle l'est néanmoins pour ceux aux yeux de qui il représente, même sous sa forme civile, la « consécration » nécessaire d'une union. Mais comme l'écrivait Rilke à Franz Kappus, l'amour n'est pas seulement une union avec quelqu'un ; il est d'abord une « ambition sans limite, qui fait de celui qui aime un élu qu'appelle le large ». Pour réaliser cette ambition, encore faut-il être le « vainqueur de soi-même », selon l'expression de Nietzsche. Or il n'est pas sûr alors que le mariage, sous sa forme actuelle en tout cas, favorise une telle conquête personnelle. Car ce qui importe, plus que tout le reste, n'est-ce pas plutôt de construire et d'inventer sa vie amoureuse, comme on invente une histoire à deux, avec celle ou celui que l'on aime ? Comme le dit Hannah Arendt commentant les propos de Karen Blixen, il nous faut, tout en acceptant ce que nous donne la vie, nous montrer « dignes de tout ce qui peut arriver en le recueillant et en le méditant, et, ainsi, en le répétant en imagination ; telle est la façon de rester vivant ».

22

Roland Barthes

Roland Barthes (1915-1980) écrit avec les Fragments d'un discours amoureux *un livre singulier qui tranche avec ce que le critique (mais aussi « la » critique en général) avait produit jusque-là sur le sujet. Dans son avant-propos, il écrivait d'ailleurs : « Ce qu'on a pu dire de l'attente, de l'angoisse, du souvenir, n'est jamais qu'un supplément modeste offert au lecteur pour qu'il s'en saisisse, y ajoute, en retranche et le passe à d'autres. »*

La lettre d'amour

LETTRE. La figure vise la dialectique particulière de la lettre d'amour, à la fois vide (codée) et expressive (chargée de l'envie de signifier le désir).

1. Lorsque Werther (en poste auprès de l'Ambassadeur) écrit à Charlotte, sa lettre suit le plan suivant : 1. Quelle joie de penser à vous ! 2. Je me trouve ici dans un milieu mondain, et, sans vous, je m'y sens bien seul ; 3. J'ai rencontré quelqu'un (la demoiselle de B...) qui vous ressemble et avec qui je peux parler de vous ; 4. Je forme des vœux pour que

Werther

nous soyons réunis. – Une seule information est variée, à la façon d'un thème musical : *je pense à vous.*

Qu'est-ce que ça veut dire, « penser à quelqu'un » ? Ça veut dire : l'oublier (sans oubli, pas de vie possible) et se réveiller souvent de cet oubli. Beaucoup de choses, par association, te ramènent dans mon discours. « Penser à

Freud

toi » ne veut rien dire d'autre que cette métonymie. Car, en soi, cette pensée est vide : je ne te pense pas ; simplement, je te fais revenir (à proportion même que je t'oublie). C'est cette forme (ce rythme) que j'appelle « pensée » : *je n'ai rien à te dire*, sinon que ce rien, c'est à toi que je le dis :

Gœthe

« Pourquoi j'ai de nouveau recours à l'écriture ?
Il ne faut pas, chérie, poser de question si nette,
Car, en vérité, je n'ai rien à te dire ;
Tes chères mains toutefois recevront ce billet. »

Gide

(« Penser à Hubert », écrit comiquement sur son agenda le narrateur de *Paludes*, qui est le livre du Rien.)

WERTHER, 75.
FREUD : à sa fiancée Martha : « Ah, ce jardinier Bünslow ! Quelle chance il a de pouvoir héberger ma bien-aimée » (*Correspondance*, 49).
GŒTHE : cité par Freud.

2. « Vous voyez bien, écrit la marquise de Merteuil, que, quand vous écrivez à quelqu'un,

Liaisons dangereuses

c'est pour lui et non pas pour vous : vous devez donc moins chercher à lui dire ce que vous pensez que ce qui lui plaît davantage. » La

marquise n'est pas amoureuse ; ce qu'elle postule, c'est une *correspondance*, c'est-à-dire une entreprise tactique destinée à défendre des positions, à assurer des conquêtes ; cette entreprise doit reconnaître les lieux (les sous-
A. C. ensembles) de l'ensemble adverse, c'est-à-dire détailler l'image de l'autre en points variés que la lettre essaiera de toucher (il s'agit donc bien d'une correspondance, au sens presque mathématique du terme). Mais la lettre, pour l'amoureux, n'a pas de valeur tactique : elle est purement *expressive* – à la rigueur flatteuse (mais la flatterie n'est ici nullement intéressée : elle n'est que la parole de la dévotion) ; ce que j'engage avec l'autre, c'est une *relation*, non une correspondance : la relation met en rapport deux images. Vous êtes partout, votre image est totale, écrit de diverses façons Werther à Charlotte.

LIAISONS DANGEREUSES, lettre CV.
A. C. : conversation.

3. Comme désir, la lettre d'amour attend sa
Étymologie réponse ; elle enjoint implicitement à l'autre de répondre, faute de quoi son image s'altère, devient autre. C'est ce qu'explique avec autorité le jeune Freud à sa fiancée : « Je ne veux
Freud pas cependant que mes lettres restent toujours sans réponse, et je cesserai tout de suite de t'écrire si tu ne me réponds pas. De perpétuels monologues à propos d'un être aimé, qui ne sont ni rectifiés ni nourris par l'être aimé, aboutissent à des idées erronées touchant les

relations mutuelles, et nous rendent étrangers l'un à l'autre quand on se rencontre à nouveau et que l'on trouve les choses différentes de ce que, sans s'en assurer, l'on imaginait. »

(Celui qui accepterait les « injustices » de la communication, celui qui continuerait de parler légèrement, tendrement, sans qu'on lui réponde, celui-là acquerrait une grande maîtrise : celle de la Mère.)

FREUD, *Correspondance*, 49.

Fragments d'un discours amoureux, 1977.

23
Thomas Mann

Avec La Montagne magique *(1924), Thomas Mann (1875-1955) signe son plus beau roman où s'accomplit, en un sens, le vœu du romantisme allemand de produire une œuvre inclassable qui excéderait et rassemblerait à la fois la pensée et l'art. Confronté aux limites de la vie, le héros, Hans Castorp, va se découvrir lui-même au gré des discussions avec les pensionnaires du Berghof, le sanatorium où il finit par séjourner plusieurs années, et à travers l'amour qu'il porte au personnage flamboyant de Clawdia Chauchat, à qui il déclare ici sa passion.*

Hans Castorp, dans la cohue, regardait par-dessus l'épaule de Joachim un des dessinateurs, en s'accoudant sur cette épaule, tenant son menton des cinq doigts d'une main, et appuyant l'autre main sur la hanche. Il parlait et riait. Lui aussi voulait dessiner, il réclama à haute voix et obtint le crayon, un petit bout de crayon que l'on pouvait à peine tenir entre le pouce et l'index. Il pesta contre ce moignon, le visage aveuglé levé vers le plafond, il pesta à voix haute et maudit l'insuffisance du crayon en dessinant d'une main rapide un monstre effarant sur le carton qu'il finit même par dépasser pour continuer sur la nappe. « Cela ne compte pas », s'écria-t-il au milieu des rires mérités. « Comment peut-on avec un pareil… Va au diable… » Et il jeta le bout de crayon coupable dans la coupe de punch. « Qui a un crayon convenable ? Qui m'en prête un ? Il faut que je dessine encore une fois. Un crayon, un crayon ! Qui en a encore un ? » s'écriait-il, se tournant de tous côtés, l'avant-bras gauche encore appuyé sur la table et agitant en l'air la main droite. Il n'en obtint pas. Alors il se retourna et passa dans la pièce à côté en continuant d'appeler, il alla tout droit vers Clawdia Chauchat qui, il le savait bien, était debout non loin de la portière du petit salon, et qui, de là, avait, en souriant, observé l'agitation autour de la table du punch.

Derrière lui il entendit appeler, en paroles sonores et étrangères : « *Eh Ingegnere ! Aspetti ! Che cosa fa ? Ingegnere ! un po di ragione, sa ! Ma è matto, questo ragazzo !* » Mais il couvrit cette voix de la sienne, et l'on vit alors M. Settembrini, le bras levé au-dessus de la tête et les doigts écartés – geste usité dans son pays dont il n'est pas facile d'exprimer le sens, et qui était accompagné d'un « Ehh… » prolongé – quitter le bal du Carnaval. Mais Hans Castorp était debout dans la cour pavée, regardait de tout près dans l'épicanthe bleu-gris-vert de ces yeux, au-dessus des pommettes saillantes, et disait :

– N'aurais-tu pas par hasard un crayon ?

Il était d'une pâleur mortelle, aussi pâle qu'autrefois lorsque, barbouillé de sang, il était revenu de sa promenade solitaire à la conférence. Le système des nerfs et vaisseaux qui commandait son visage joua avec ce résultat que la peau exsangue de ce jeune visage se creusa, que le nez parut pointu et que la partie située sous les yeux prit la couleur plombée d'un cadavre. Mais le nerf sympathique faisait tambouriner le cœur de Hans Castorp de telle façon qu'il ne pouvait même plus être question d'une respiration régulière et que des frissons parcoururent le jeune homme, œuvre des glandes de son corps qui se dressèrent en même temps que les bulbes des poils.

La femme au tricorne en papier le toisa du haut en bas, avec un sourire qui ne trahissait aucune pitié ni aucune inquiétude, en présence de cette figure dévastée. Ce sexe ne connaît ni une telle pitié ni un tel souci devant les ravages de la passion, d'un élément qui, apparemment, lui est beaucoup plus familier qu'à l'homme, lequel, par nature, n'y est nullement à l'aise ; et la femme ne le constate jamais chez lui sans une satisfaction narquoise et maligne. Du reste, il ne se souciait sans doute d'éveiller ni la pitié ni l'inquiétude.

– Moi ? répondit la malade aux bras nus, au « Tu ». Oui, peut-être. Et il y avait malgré tout dans son sourire et dans sa voix un peu de cette émotion qui se produit lorsque, après de longs rapports muets, la première parole est prononcée – d'une émotion malicieuse, qui fait secrètement entrer tout ce passé dans l'instant présent.

« Tu es très ambitieux… Tu es… plein… plein de zèle », continua-t-elle de railler avec son accent exotique, avec son *r* étranger, avec son *e* étranger et trop ouvert, tandis que sa voix, légèrement voilée, agréablement rauque, portait l'accent sur la deuxième syllabe du mot « ambitieux », ce qui achevait de le faire paraître exotique ; et elle fouilla dans son sac en cuir, y chercha l'objet des yeux et tira de sous un mouchoir qu'elle avait d'abord mis au jour, un petit porte-mine en argent, mince et fragile, un petit article de fantaisie dont on pouvait à peine se servir pour de bon. Le crayon de jadis, le premier, avait été quand même plus maniable et plus véridique.

– *Voilà* [1], dit-elle, et elle plaça le petit porte-mine sous ses yeux en le tenant par la pointe et en le balançant légèrement entre le pouce et l'index.

Comme elle le lui offrait et le lui refusait en même temps, il fit mine de le prendre, c'est-à-dire leva la main à hauteur du crayon, les doigts prêts à le saisir, mais sans le saisir complètement ; et, du fond de ses yeux couleur de plomb, son regard passait alternativement de l'objet au visage tartare de Clawdia. Ses lèvres exsangues étaient ouvertes et elles le restèrent, il ne s'en servit pas pour parler lorsqu'il dit :

– Vois-tu, je savais bien que tu en aurais un.

– *Prenez garde, il est un peu fragile*, dit-elle en français, *c'est à visser, tu sais.*

Et pendant que leurs têtes se penchaient, elle lui montra le mécanisme tout à fait courant du porte-mine, d'où la vis, lorsqu'on la tournait, faisait jaillir une mine mince comme une épingle, probablement dure, et qui devait à peine marquer.

Ils étaient penchés l'un vers l'autre. Comme il était en tenue de soirée, il portait ce soir un col raide et il put y appuyer son menton.

– Menu, mais bienvenu, dit-il, front contre front avec elle, parlant vers le crayon, les lèvres immobiles.

– Oh ! tu as même de l'esprit ? répondit-elle avec un rire bref, en se redressant et en lui abandonnant le crayon. (D'ailleurs, Dieu seul sait d'où il pouvait tirer de l'esprit, car, de toute évidence, il n'avait plus une seule goutte de sang dans la tête.) Allons, va, dépêche-toi, dessine, dessine bien et distingue-toi.

Spirituelle, elle aussi, elle semblait vouloir l'éloigner.

– Non, tu n'as pas encore dessiné. Il faut que tu dessines, toi, dit-il sans prononcer le *f* de faut, et il fit un pas en arrière, comme pour l'entraîner.

1. En italique : en français dans le texte.

– Moi ? répéta-t-elle de nouveau, avec une surprise qui semblait se rapporter à autre chose que sa proposition. Souriante, légèrement troublée, elle resta, d'abord immobile, puis suivit son mouvement de recul qui la magnétisait et fit quelques pas vers la table du punch.

Mais il se trouva que l'intérêt du jeu était épuisé, qu'il était tout près d'expirer. Quelqu'un dessinait encore, mais n'avait plus de spectateurs. Les cartes étaient couvertes de pieds de mouche, chacun avait prouvé son incapacité, la table était presque abandonnée, d'autant plus qu'un revirement s'était produit. Comme on avait remarqué que les médecins étaient partis, quelqu'un proposa tout à coup de danser. Déjà l'on déplaçait la table, on postait des guetteurs aux portes de la salle de correspondance et du salon de musique avec l'ordre d'arrêter le bal par un signe, si par hasard le « Vieux », Krokovski, ou l'infirmière en chef se montraient de nouveau. Un jeune Slave fit courir les doigts sur le clavier du petit piano en noyer ; il jouait avec beaucoup d'expression. Les premiers couples se mirent à tourner au milieu d'un cercle régulier de fauteuils et de chaises, sur lesquels étaient assis des spectateurs.

Hans Castorp, d'un geste de la main, prit congé de la table qui s'éloignait justement « Disparrais ! » Du menton il désigna des sièges libres qu'il apercevait dans le petit salon, et un coin abrité à côté des draperies. Il ne dit rien, peut-être parce que la musique lui semblait trop bruyante. Il poussa un siège, un fauteuil au cadre de bois, tendu de peluche, pour Mme Chauchat, vers l'endroit qu'il venait de désigner par son jeu de physionomie, et s'empara lui-même d'un fauteuil d'osier craquant et grésillant, à accoudoirs enroulés ; il y prit place, penché vers elle, les bras sur les accoudoirs, son crayon dans les mains, les pieds sous le siège. Il est vrai que, pour sa part, elle s'était enfoncée trop profondément dans le siège de peluche, ses genoux étaient levés mais elle les croisa néanmoins et balança en l'air son pied ; au-dessus du soulier de vernis noir sa cheville se dessinait sous la soie également noire du bas. Devant eux étaient assises d'autres personnes, elles se levaient pour danser et faisaient place à celles qui étaient fatiguées. C'était un va-et-vient.

– Tu as une robe neuve, dit-il pour avoir le droit de la regarder, et il l'entendit répondre :

– Une robe neuve ? Tu es au courant de mes toilettes ?

– N'ai-je pas raison ?

– Si. Je l'ai fait faire récemment chez Lukacek, à Davos-Dorf. Il travaille beaucoup pour les dames d'ici. Te plaît-elle ?

– Beaucoup, dit-il en l'embrassant encore une fois du regard, avant de baisser les yeux. « Veux-tu danser ? » ajouta-t-il.

– Et toi, voudrais-tu ? riposta-t-elle, les sourcils levés, en souriant, et il répondit :

– Je voudrais bien, si tu en avais envie.

– Tu es moins brave que je n'aurais cru, dit-elle, et comme il partait d'un rire moqueur, elle ajouta : « Ton cousin est déjà parti ? »

– Oui, c'est mon cousin, confirma-t-il, bien que ce fût superflu. J'ai remarqué tout à l'heure qu'il était parti. Il sera allé se coucher.

– *C'est un jeune homme très étroit, très honnête, très allemand.*

– *Étroit ? Honnête ?* répéta-t-il. Je comprends le français mieux que je ne le parle. Tu veux dire qu'il est pédant. Nous tiens-tu pour des pédants, *nous autres Allemands* ?

– *Nous causons de votre cousin. Mais c'est vrai, vous êtes un peu bourgeois. Vous aimez l'ordre mieux que la liberté, toute l'Europe le sait.*

– *Aimer… aimer… Qu'est-ce que c'est ! Ça manque de définition, ce mot-là.* L'un la possède, l'autre l'aime, *comme dit notre proverbe*, affirma Hans Castorp.

La Montagne magique, 1924.

24
Friedrich Nietzsche

On sait que pour Nietzsche (1844-1900), l'homme accompli ne saurait accepter sa médiocre condition mais doit tendre tout entier à se dépasser lui-même pour affirmer ses propres valeurs, sans concessions avec la société ou avec la religion qui tendent à nous imposer les leurs. « Colère, haine, amour, pitié, désir, connaissance, joie, douleur – tous ces noms ne conviennent qu'aux états extrêmes *», écrivait-il dans* Aurore.

De l'enfant et du mariage

« J'ai une question pour toi seul, mon frère. Comme une sonde, je jette cette question dans ton âme, afin de connaître sa profondeur.

Tu es jeune et tu désires femme et enfant. Mais je te demande : Es-tu un homme qui ait le droit de désirer un enfant ?

Es-tu le vainqueur de toi-même, maître de tes sens et de tes vertus ? Ainsi l'interrogé-je.

Ou dans ton vœu est-ce la bête qui parle, et l'indigence ? Ou l'esseulement ? Ou la discorde avec toi-même ?

Je veux que ta victoire et ta liberté aspirent à l'enfant. Tu dois dresser des monuments vivants à ta victoire et à ta délivrance.

Tu dois construire plus haut que toi-même. Mais il faut d'abord que tu sois construit toi-même, carré du corps à l'âme.

Tu ne dois pas seulement propager ta race en l'étendant, mais, aussi en relevant. Que le jardin du mariage te serve à cela.

Tu dois créer un corps supérieur, un premier mouvement, une roue qui roule sur elle-même – tu dois créer un créateur.

Mariage : c'est ainsi que j'appelle la volonté à deux de créer l'unique qui est plus que ceux qui l'ont créé. Respect mutuel, c'est là le mariage, respect de ceux qui veulent d'une telle volonté.

Que tel soit le sens et la Vérité de ton mariage. Mais ce que les inutiles appellent mariage – la foule des superflus ! –, comment appellerais-je cela ?

Hélas ! cette pauvreté de l'âme à deux ! Hélas ! cette impureté de l'âme à deux ! Hélas ! cette pitoyable suffisance à deux !

Mariage, c'est ainsi qu'ils appellent tout cela ; et ils disent que leurs unions ont été scellées au ciel.

Eh bien ! je n'en veux pas de ce ciel des superflus ! Non, je n'en veux pas de ces bêtes empêtrées dans le filet céleste !

Loin de moi aussi le Dieu qui vient en boitant pour bénir ce qu'il n'a pas uni !

Ne riez pas de tels mariages ! Quel enfant n'aurait pas lieu de pleurer sur ses parents ?

Cet homme me semblait respectable et mûr pour saisir le sens de la terre : mais lorsque je vis sa femme, la terre me sembla une demeure pour les insensés.

Oui, je voudrais que la terre fût secouée de convulsions lorsque je vois un saint s'accoupler à une oie.

Tel partit comme un héros en quête de vérités, et ne captura qu'un petit mensonge paré. Il appelle cela son mariage.

Tel autre était réservé dans son commerce et difficile dans son choix. Mais d'un seul coup il a gâté à tout jamais sa compagnie. Il appelle cela son mariage.

Tel autre encore cherchait une servante qui eût les vertus d'un ange. Mais soudain il devint la servante d'une femme, et maintenant il serait nécessaire qu'il devînt ange lui-même.

Je n'ai trouvé qu'acheteurs pleins de précaution et tous ont des yeux rusés. Mais le plus rusé lui-même achète sa femme comme chat en poche.

Beaucoup de brèves folies – c'est là ce que vous appelez amour. Et votre mariage met fin à beaucoup de brèves folies, par une longue sottise.

Votre amour pour la femme et l'amour de la femme pour l'homme : oh ! que ce soit plutôt de la pitié pour les dieux souffrants et voilés ! Mais le plus souvent c'est une bête qui flaire l'autre.

Pourtant votre meilleur amour n'est qu'une parabole exaltée et une ardeur douloureuse. Il est un flambeau qui doit éclairer devant vous les chemins d'en haut.

Un jour vous devrez aimer par-delà vous-mêmes ! Apprenez donc d'abord à aimer ! C'est pourquoi vous avez dû boire l'amer calice de votre amour.

Il y a de l'amertume dans le calice du meilleur amour : aussi éveille-t-il en toi la nostalgie du Surhomme, aussi te donne-t-il soif, ô créateur !

Soif du créateur, flèche et désir du Surhomme : dis-moi, mon frère, est-ce là ta volonté du mariage ?

Une telle volonté et un tel mariage me sont sacrés. »

Ainsi parlait Zarathoustra.

Ainsi parlait Zarathoustra, 1885.

25

Hannah Arendt

Hannah Arendt (1906-1975), philosophe allemande, fut une étudiante de Heidegger et fit sa thèse sur Le Concept d'amour chez saint Augustin. *Exilée aux États-Unis, elle s'est d'abord fait connaître par sa critique du totalitarisme (*Les Origines du totalitarisme*, 1951), ses réflexions sur la condition de l'homme moderne (*Condition de l'homme moderne*, 1958) et sa thèse sur la banalité du mal formulée à l'occasion du procès d'Adolf Eichmann. Avec* Vies politiques *(1974), elle livre une galerie de portraits, dont l'un d'Isak Dinesen (Karen Blixen), où elle développe une certaine idée de l'amour comme récit.*

Car, « *Moi, je suis une conteuse, et rien qu'une conteuse, c'est l'histoire elle-même qui m'intéresse, et la façon de la raconter* [1] ». Tout ce qu'il lui fallait pour en commencer une, c'était la vie et le monde, à peu près n'importe quelle sorte de monde ou de milieu, car le monde est plein d'histoires, d'événements, de hasards et d'aventures étranges qui ne demandent qu'à être racontés ; la raison pour laquelle on ne les raconte point d'habitude, ce n'est, pour Isak Dinesen, que le manque d'imagination – car

1. Citation en français dans le texte.

c'est seulement quand on peut imaginer ce qui de toute façon est arrivé, le répéter en imagination, qu'alors on verra les histoires, et, seulement si l'on a la patience de les raconter et de les reraconter (« *Je me les raconte et reraconte* [1] ») qu'on sera capable de les dire bien. Cela, elle l'a bien sûr fait toute sa vie, mais pas avec l'idée de devenir une artiste, ni même l'un de ces vieux conteurs professionnels qu'on trouve dans ses livres. Sans répéter la vie en imagination, on ne peut jamais pleinement vivre, « le manque d'imagination » empêche les gens d'« exister ». « Sois loyal avec l'histoire » comme dit un de ses conteurs exhortant les jeunes, « sois éternellement et sans écart loyal avec l'histoire » : cela ne veut rien dire de moins que sois loyal avec la vie, ne crée pas de fiction, mais accepte ce que te donne la vie, montre-toi digne de tout ce qui peut arriver en le recueillant et en le méditant, et, ainsi, en le répétant en imagination ; telle est la façon de rester vivant. Et vivre, au sens d'être pleinement vivante, fut très tôt et demeura jusqu'à la fin son seul but, son seul désir. « Ma vie, je ne vous laisserai pas aller sans que vous me bénissiez, mais alors je vous laisserai aller. » La récompense du conteur, c'est d'être capable de laisser aller : « Quand le conteur est loyal [...] avec l'histoire, alors, à la fin, le silence parlera. Quand l'histoire a été trahie, silence n'est que vide. Mais nous, les croyants, lorsque nous aurons prononcé notre dernière parole, nous entendrons la voix du silence. »

[...]

Personne, évidemment, n'aurait pu raconter l'histoire de sa vie comme elle-même l'aurait pu raconter, et la question de savoir pourquoi elle n'a pas écrit d'autobiographie est fascinante car sans réponse. (Quel dommage

1. Gallimard, Paris, 1964.

que sa biographe ne lui ait apparemment jamais posé cette question évidente.) Car *La Ferme africaine*[1], qu'on dit souvent autobiographique, est singulièrement réticente, silencieuse sur presque toutes les questions que sa biographe sera amenée à soulever. Elle ne nous parle pas du mariage malheureux ni du divorce, et seul un lecteur soigneux y apprendra que Denys Finch-Hatton était plus qu'un visiteur coutumier et qu'un ami. Le livre est vraiment, comme l'a remarqué Robert Langbaum, de loin son meilleur critique, « une authentique pastorale, peut-être la meilleure pastorale en prose de notre temps » ; et c'est parce que pastoral, et non dramatique le moins du monde, même quand il relate la mort de Denys Finch-Hatton dans un accident d'avion, et les dernières semaines désolées dans des pièces vides, bagages faits, que le livre peut réunir en lui beaucoup d'histoires, tout en ne suggérant que par les allusions les plus ténues, les plus raréfiées, l'histoire sous-jacente d'une *grande passion*[2], qui était alors, et selon toute apparence demeura jusqu'à la fin, la source de son pouvoir de conter. Pas plus en Afrique qu'à aucune autre époque de sa vie, elle ne cacha rien ; elle devait être fière, peut-on conclure, d'être la maîtresse de cet homme qui, dans ses descriptions, demeure étrangement sans vie. Mais dans *La Ferme africaine,* elle n'admet cette liaison qu'implicitement – il « n'avait pas d'autre maison en Afrique que la ferme, il vivait chez moi entre ses safaris », et quand il revenait, la maison « exprimait ce qui était en elle ; elle parlait – comme parlent les plantations de café, lorsqu'elles fleurissent avec les premières averses de la saison des pluies » ; alors, « les choses de la ferme se mettaient toutes à raconter ce qu'elles étaient réellement ».

1. Gallimard, Paris, 1942.
2. En français dans le texte.

Et elle, ayant « confectionné beaucoup de contes en son absence », serait « assise par terre, en tailleur comme Schéhérazade elle-même ». Quand elle se disait Schéhérazade en cette position, elle allait plus loin que les critiques littéraires qui l'ont suivie, plus loin que le simple pouvoir de conter, le « *Moi je suis une conteuse et rien qu'une conteuse* [1] ». *Les Mille et Une Nuits* – dont « elle plaçait les histoires au-dessus de tout » – ne se passèrent pas seulement à dire des contes, elles produisirent trois enfants mâles. Et son amant qui, « quand il viendrait à la ferme, demanderait « As-tu une histoire ? », n'était pas sans ressembler au roi d'Arabie qui, « ne trouvant pas le sommeil, se réjouissait à l'idée d'écouter l'histoire ». Denys Finch-Hatton, et son ami, Berkeley Cole, appartenaient à la génération des jeunes gens que la Première Guerre mondiale avait rendus à jamais impropres à supporter les conventions et à remplir les devoirs de la vie quotidienne, à poursuivre leur carrière et à jouer leur rôle dans une société qui les ennuyait éperdument. Certains d'entre eux devinrent des révolutionnaires, et vécurent dans le pays imaginaire du futur ; d'autres, au contraire, choisirent le pays imaginaire du passé, et vécurent comme si « était le leur […] un monde qui n'existait plus ». Ils s'entr'appartenaient dans la conviction fondamentale qu'« ils n'appartenaient pas à leur siècle ». (Politiquement parlant, on pourrait dire qu'ils étaient antilibéraux dans la mesure où le libéralisme implique l'acceptation du monde tel qu'il est, en même temps que l'espoir en son « progrès » ; les historiens savent dans quelle mesure la critique conservatrice et la critique révolutionnaire du monde bourgeois coïncident.) Dans les deux cas, ils désiraient être des « déclassés », des « déserteurs », tout prêts à « payer pour leur volonté délibérée »

1. En français dans le texte.

plutôt qu'à s'établir et à fonder une famille. De toute façon, Denys Finch-Hatton allait et venait comme il le désirait, et rien n'était plus loin de lui, de toute évidence, que l'idée d'être lié par le mariage. Rien ne pouvait le lier, le séduire et le faire revenir que le feu de la passion, et la seule façon d'empêcher la flamme de s'éteindre avec le temps et l'inévitable répétition, parce qu'on se connaît trop bien l'un l'autre, et qu'on a déjà entendu toutes les histoires, c'était de devenir inépuisable et d'en composer de nouvelles. Sûrement, elle n'était pas moins soucieuse de divertir que Schéhérazade, ni moins consciente qu'échouer à plaire, c'était mourir.

Vies politiques, 1974.

VII
AMOUR, PLAISIR, JOUISSANCE

L'amour est – ou devrait être – un plaisir partagé. « On n'aime point si l'on n'est aimé, du moins on n'aime pas longtemps », dit Julie dans La Nouvelle Héloïse *(III – Lettre XVIII). Si tel n'est pas le cas, l'amour devient alors une pulsion morbide qui voue celui qui aime au malheur. Ce plaisir, à l'évidence sensuel, peut prendre néanmoins des formes très variées et connaître des états de sublimation qu'imposent les circonstances ou le caractère des individus. Certains, d'ailleurs, dissocient très nettement les plaisirs charnels du véritable amour. C'est bien ce que fait Rousseau lorsqu'il fait dire à Julie* (ibid.) *: « L'amour sensuel ne peut se passer de la possession, et s'éteint par elle. Le véritable amour ne peut se passer du cœur, et dure autant que les rapports qui l'ont fait naître. » Pourtant, ces plaisirs-là comptent, chacun le sait, mais sans toujours comprendre comment ni à quel point ; tous ne le vivent ni ne le formulent de la même façon.*

L'érotisme en effet est largement affaire de mots. La sensualité brute n'existe sans doute pas plus que le discours amoureux sans érotisme charnel, mais leur correspondance est complexe, et en littérature, le texte est tout, et l'écrivain s'y concentre tout entier sans reste. Ce qu'il vit, lui, comme homme, est une autre affaire, mais il n'y a rien à inférer de l'un à l'autre. Si une correspondance existe, elle est fortuite. Le régime du discours est autonome. Le sadisme ou la profa-

nation sont des valeurs littéraires qui ne font pas de Sade un sadique. « La vie humaine ne se joue pas sur un seul registre, écrit Merleau-Ponty. De l'un à l'autre, il y a des échos, des échanges, mais tel affronte l'histoire qui n'a jamais affronté les passions, tel est libre avec les mœurs qui pense de manière ordinaire. »

On peut néanmoins tenter par les mots de saisir ce qui nous trouble tant dans l'expérience de l'érotisme et qui rend cette recherche du plaisir si essentielle – en tout cas pour ceux qui en perçoivent toute la violence. Car, dit Bataille, « l'incandescence de la vie a le sens de la mort, la mort celui d'une incandescence de la vie ». Une incandescence dont la description de la jouissance de Madame Edwarda *nous donne une idée : « L'amour, dans ces yeux, était mort, un froid d'aurore en émanait, une transparence où je lisais la mort. » Cette violence est nécessairement tempérée par la tendresse, dit Bataille, c'est-à-dire une façon vivable de la subir et de calmer l'angoisse qu'elle nous procure. Même si toute tendresse, peut-on penser, n'est pas nécessairement de cet ordre.*

Quoi qu'il en soit de cette tension affective, si extrême soit-elle, le rapport de l'amour à la jouissance reste une énigme dont l'aphorisme de Jacques Lacan peut donner l'une des formulations : « Aimer, c'est donner ce qu'on n'a pas à quelqu'un qui n'en veut pas. » Ce que Mehdi Belhaj Kacem s'efforce de comprendre à son tour lorsqu'il écrit : « Plus il y a de "jouissance" repérée, plus il y a de l'amour, et plus elle est presque impossible à éterniser. C'est pourquoi l'amour ne marche presque jamais, dans la plupart des cas. L'amour est ce qui ne se répète pas. Il est le contraire, à ce titre, de la jouissance, qui est ce qui, étant précaire, se répète cependant, exige la répétition, veut se répéter, tellement c'est "bon". L'amour est une jouissance qui ne se répète pas. »

26

Jean-Jacques Rousseau

Jean-Jacques Rousseau (1712-1778) est l'auteur d'une œuvre littéraire et philosophique qui a marqué son époque par son ton et son style très personnels, en anticipant sur le siècle suivant les grands thèmes du romantisme et les idées qui enthousiasmeront les théoriciens de la Révolution française. Julie ou la Nouvelle Héloïse *(1761), un roman par lettres, fascinera ses contemporains par sa peinture du sentiment amoureux et sera un énorme succès de librairie.*

Lettre LV à Julie

Oh ! mourons, ma douce amie ! mourons, la bien-aimée de mon cœur ! Que faire désormais d'une jeunesse insipide dont nous avons épuisé toutes les délices ? Explique-moi, si tu le peux, ce que j'ai senti dans cette nuit inconcevable ; donne-moi l'idée d'une vie ainsi passée, ou laisse-m'en quitter une qui n'a plus rien de ce que je viens d'éprouver avec toi. J'avais goûté le plaisir, et croyais concevoir le bonheur. Ah ! je n'avais senti qu'un vain songe, et n'imaginais que le bonheur d'un enfant. Mes sens abusaient mon âme grossière ; je ne cherchais qu'en eux le bien suprême, et j'ai trouvé que leurs plaisirs épuisés n'étaient que le commencement des miens. Ô chef-d'œuvre unique de la nature ! divine Julie ! possession délicieuse à laquelle tous les transports du plus ardent amour suffisent à peine ! Non, ce ne sont point ces transports que je regrette le plus. Ah ! non, retire, s'il le faut, ces faveurs enivrantes pour lesquelles je donnerais mille vies ; mais rends-moi tout ce qui n'était point elles, et les effaçait mille fois. Rends-moi cette étroite union des âmes que tu m'avais annoncée, et que tu m'as si bien fait goûter ; rends-moi cet abattement si doux rempli par les effusions de nos cœurs : rends-moi ce sommeil enchanteur trouvé sur ton sein ; rends-moi ce réveil plus délicieux encore, et ces soupirs entrecoupés, et ces douces larmes, et ces baisers qu'une voluptueuse langueur nous faisait lentement savourer, et ces gémissements si tendres durant lesquels tu pressais sur ton cœur ce cœur fait pour s'unir à lui.

Dis-moi, Julie, toi qui, d'après ta propre sensibilité, sais si bien juger de celle d'autrui, crois-tu que ce que je sentais auparavant fût véritablement de l'amour ? Mes sentiments, n'en doute pas, ont depuis hier changé de nature ; ils ont pris je ne sais quoi de moins impétueux, mais de plus doux, de plus tendre et de plus charmant. Te souvient-il de cette heure entière que nous passâmes à parler paisiblement de notre amour et de cet avenir obscur et redoutable par qui le présent nous était encore plus sensible ; de cette heure, hélas ! trop courte, dont une légère empreinte de tristesse rendit les entretiens si touchants ? J'étais tranquille, et pourtant j'étais près de toi : je t'adorais et ne désirais rien ; je n'imaginais pas même une autre félicité que de sentir ainsi ton visage auprès du mien, ta respiration sur ma joue, et ton bras autour de mon cou. Quel calme dans tous mes sens ! Quelle volupté pure, continue, universelle ! Le charme de la jouissance était dans l'âme ; il n'en sortait plus, il durait toujours. Quelle différence des fureurs de l'amour à une situation si paisible ! C'est la première fois de mes jours que je l'ai éprouvée auprès de toi ; et cependant, juge du changement étrange que j'éprouve, c'est de toutes les heures de ma vie celle qui m'est la plus chère, et la seule que j'aurais voulu prolonger éternellement. Julie, dis-moi donc si je ne t'aimais point auparavant, ou si maintenant je ne t'aime plus.

Si je ne t'aime plus ? Quel doute ! Ai-je donc cessé d'exister ? et ma vie n'est-elle pas plus dans ton cœur que dans le mien ? Je sens, je sens que tu m'es mille fois plus chère que jamais et j'ai trouvé dans mon abattement de nouvelles forces pour te chérir plus tendrement encore. J'ai pris pour toi des sentiments plus paisibles, il est vrai, mais plus affectueux et de plus de différentes espèces ; sans s'affaiblir, ils se sont multipliés : les douceurs de l'amitié tempérèrent les emportements de l'amour, et j'imagine à peine quelque sorte d'attachement qui ne m'unisse pas à toi. Ô ma charmante maîtresse ! ô mon épouse, ma sœur, ma douce amie ! que j'aurai peu dit pour ce que je sens, après avoir épuisé tous les noms les plus chers au cœur de l'homme !

Il faut que je t'avoue un soupçon que j'ai conçu dans la honte et l'humiliation de moi-même, c'est que tu sais mieux aimer que moi. Oui, ma Julie, c'est bien toi qui fais ma vie et mon être ; je t'adore bien de toutes les facultés de mon âme : mais la tienne est plus aimante, l'amour l'a plus profondément pénétrée ; on le voit, on le sent ; c'est lui qui anime tes grâces, qui règne dans tes discours, qui donne à tes yeux cette douceur pénétrante, à ta voix ces accents si touchants ; c'est lui qui, par ta seule présence, communique aux autres cœurs, sans qu'ils s'en aperçoivent, la tendre émotion du tien. Que je suis loin de cet état charmant qui se suffit à lui-même ! je veux jouir, et tu veux aimer ; j'ai des transports, et toi de la passion ; tous mes emportements ne valent pas ta délicieuse langueur, et le sentiment dont ton cœur se nourrit est la seule félicité suprême. Ce n'est que d'hier seulement que j'ai goûté cette volupté si pure. Tu m'as laissé quelque chose de ce charme inconcevable qui est en toi, et je crois qu'avec ta douce haleine tu m'inspirais une âme nouvelle. Hâte-toi, je t'en conjure, d'achever ton ouvrage. Prends de la mienne tout ce qui m'en reste, et mets tout à fait la tienne à la place. Non, beauté d'ange, âme céleste, il n'y a que des sentiments comme les tiens qui puissent honorer tes attraits : toi seule es digne d'inspirer un parfait amour, toi seule es propre à le sentir. Ah ! donne-moi ton cœur, ma Julie, pour t'aimer comme tu le mérites.

Julie ou la Nouvelle Héloïse, 1761.

27

Maurice Merleau-Ponty

Maurice Merleau-Ponty (1908-1961), qui compte parmi les grands noms de la phénoménologie, a consacré de nombreuses études au langage, dont la littérature est l'une des expressions. Il se méfie néanmoins de tout dualisme qui placerait chez l'écrivain ou l'artiste le sens dans une intention supposée, comme si l'être des choses était autre que sa manière d'apparaître. Comme il le dit dans le texte ci-dessous, tiré de Signes *(publié à titre posthume en 1960) : « Le propre de la littérature est de faire croire au lecteur qu'on trouverait, dans l'homme et dans ce qu'il vit, à l'état concentré, la substance rare que ses œuvres laissent deviner. Ce n'est pas vrai : tout est là, dans le livre, ou du moins le meilleur. »*

SUR L'ÉROTISME

L'érotisme est-il une forme de courage intellectuel et de liberté ? Mais que deviendrait Valmont sans l'innocence de Cécile, sans la chasteté de la présidente ? Il n'aurait rien à faire. Que deviendraient les mauvais sentiments sans les bons ? Le plaisir de profaner suppose les préjugés et l'innocence. Il les suppose peut-être même chez le profanateur, et le concours de méchanceté que Mme de Merteuil et Valmont ont institué entre eux, on soupçonne, à la fin du livre, qu'elle du moins ne l'a peut-être accepté que parce que Valmont comptait pour elle. Il n'y a de fleurs du mal que s'il y a un Mal et un Bien, et de postulation vers Satan que s'il y a une postulation vers Dieu. Un certain érotisme suppose tous les liens traditionnels et n'a ni le courage de les accepter ni celui de les rompre. Ici libertin est un diminutif.

L'érotisme surréaliste mériterait d'être étudié à part. C'est bien autre chose que le plaisir de profaner. C'est le retour à l'unité primordiale, à l'immédiat, l'indistinction de l'amour et du désir, comme l'écriture automatique était l'appel à une parole non gouvernée et indistincte de son sens. Mais, justement, les surréalistes ont bientôt compris que toute écriture involontaire n'a pas cette force : les paroles de la sibylle s'usent, celles qui dureront ne sont pas toutes prêtes dans notre gorge, elles se préparent par l'essai de vivre et de parler. Il y a eu un surréalisme qui cherchait les miracles à l'état brut, dans toute désorganisation du monde constitué. À la limite, c'est l'art des farces et attrapes. Le surréalisme qui a duré ne se contentait pas de déchirer le monde habituel, il en composait un autre. *L'Amour fou* est à créer, par-delà l'amour propre, le plaisir de dominer, le plaisir de pécher.

L'érotisme de profanation est trop attaché à ce qu'il nie pour être une forme de liberté. Il n'est pas toujours signe de force d'âme. J'ai connu un écrivain qui ne parlait que sang et destruction, et qui, comme on lui demandait ce qu'il sentait après avoir tué, répondit qu'après tout, il n'avait tué personne, mais que, s'il l'avait fait, il aurait assurément le sentiment d'être « tombé dans un trou ». Nos sadiques sont souvent bonasses. Il y a des lettres de Sade qui le montrent geignard et timide devant l'opinion. Ni Laclos ni Sade n'ont joué pendant la Révolution française le rôle de Lucifer. Et, par contre, ce que l'on sait de la vie personnelle de Lénine et de Trotsky montre qu'ils étaient des hommes classiques. La candeur et l'optimisme des thèses marxistes sur la sexualité n'ont pas grand rapport avec le libertinage. L'aventure d'une révolution se joue sur une scène plus aérée que celle de Sade et, plus qu'à Sade, Lénine ressemble à Richelieu.

Considérons que nos grands érotiques sont toujours la plume à la main : la religion de l'érotisme pourrait bien être un fait littéraire. Le propre de la littérature est de faire croire au lecteur qu'on trouverait, dans l'homme et dans ce qu'il vit, à l'état concentré, la substance rare que ses œuvres laissent deviner. Ce n'est pas vrai : tout est là, dans le livre, ou du moins le meilleur. Le public aime mieux croire que l'écrivain, comme un être d'espèce inconnue, doit avoir de certaines sensations qui contiennent tout, et qui sont comme des sacrements noirs. L'écrivain érotique mise sur cette légende (et l'accrédite d'autant mieux que le sexe est en beaucoup d'hommes le seul accès à l'extraordinaire). Mais il y a là un jeu de miroir entre l'écrit et le vécu. Une bonne part de l'érotisme est sur le papier. L'écrivain non érotique, plus franc, plus courageux, n'élude rien de sa tâche, qui est de changer la vie des signes, à lui tout seul et sans complice.

Quant aux philosophes, il y en a de très grands, comme Kant, qui passent pour avoir été aussi peu érotiques que possible. En principe, comment resteraient-ils dans le labyrinthe de Sade et de Masoch puisqu'ils cherchent à comprendre tout cela ? En fait, ils y sont, comme tout le monde, mais avec l'idée d'en sortir. Comme Thésée, ils emportent avec eux un fil. Écrivains eux aussi, leur liberté de regard ne se mesure pas à la violence de ce qu'ils sentent, et il arrive qu'un *morceau de cire* leur en apprenne beaucoup sur le monde charnel. La vie humaine ne se joue pas sur un seul registre : de l'un à l'autre, il y a des échos, des échanges, mais tel affronte l'histoire qui n'a jamais affronté les passions, tel est libre avec les mœurs qui pense de manière ordinaire, et tel vit apparemment comme tout le monde dont les pensées déracinent toutes choses.

(Octobre 1954.)

Signes, 1960.

28
Georges Bataille

Georges Bataille (1897-1962) est un écrivain difficilement classable, dont l'œuvre théorique touche aussi bien à la philosophie, à l'anthropologie qu'à la sociologie. Il est également l'auteur de romans, considérés en leur temps comme pornographiques, mais dont le substrat théorique peut être en partie compris à travers son livre L'Érotisme *(1957), dont ce passage est extrait, et où est mise en évidence la proximité de la sexualité et de la mort.*

La sensualité, la tendresse et l'amour

Ainsi la défaillance désirée n'est pas seulement l'aspect saillant de la sensualité de l'homme, mais de l'expérience des mystiques. Nous revenons au rapprochement du mysticisme et de l'érotisme coupable, mais nous nous éloignons de la sexualité idyllique ou licite. Nous avons retrouvé, au contraire, un aspect de la sensualité dont les thèmes sont proches, du fait d'une ambiguïté fondamentale, de la tentation du religieux et de la délectation morose. Dans chaque cas, il est en effet difficile de dire si l'objet du désir est l'incandescence de la vie ou de la mort. L'incandescence de la vie a le sens de la mort, la mort celui d'une incandescence de la vie. Parlant de la tentation du religieux, je n'ai pu faire ressortir entièrement cette valeur ambiguë. Cependant le sens trouble et délétère de la sexualité est essentiel à la tentation. La tentation est le désir de défaillir et de prodiguer les réserves disponibles à la limite de perdre pied. Plus loin je chercherai, partant de là, la coordination du mouvement qui lie l'expérience sexuelle à la mystique. Mais je devrai d'abord montrer comment les formes si variées, souvent si rudement opposées, de l'activité sexuelle se coordonnent entre elles dans la nostalgie d'un moment de déséquilibre.

L'ambiguïté dont j'ai parlé se présente dès l'abord, sinon comme un principe de ruine (les pertes d'énergie dont il s'agit sont réparables, les mouvements précipités, même haletants, où nous perdons pied sont temporaires), comme un principe, du moins, de déséquilibre. Ce déséquilibre évidemment n'est pas durable, il s'insère, généralement, dans des formes équilibrées qui en assurent la répétition, et compensent les dégâts de la vie sensuelle. Mais ces formes solides et saines où le déséquilibre sexuel s'organise en dissimulent le sens profond.

L'une des valeurs les plus significatives de l'organisation sexuelle tient au souci de faire entrer les désordres de l'étreinte dans un ordre englobant la totalité de la vie humaine. Cet ordre se fonde sur la tendre amitié d'un homme et d'une femme, et sur les liens qui les unissent l'un et l'autre à leurs enfants. Rien n'est plus important pour nous que de placer l'acte sexuel à la base de l'édifice social. Il ne s'agit pas de fonder l'ordre civilisé sur la sexualité profonde, c'est-à-dire sur un désordre, mais de limiter ce désordre en le liant au sens de l'ordre, en en confondant le sens avec celui de l'ordre auquel nous tentons de le subordonner. Cette opération finalement n'est pas viable en ceci que jamais l'érotisme ne renonce sa valeur souveraine, sinon dans la mesure où il se dégrade et n'est plus qu'une activité animale. Les formes équilibrées, à l'intérieur desquelles l'érotisme est possible, n'ont à la fin d'issue qu'un déséquilibre nouveau, ou le vieillissement préalable à la disparition définitive.

La forme significative de la nécessité du déséquilibre et de l'équilibre alternés est l'amour violent et tendre d'un être pour un autre. La violence de l'amour mène à la tendresse, qui est la forme durable de l'amour, mais elle introduit dans la recherche des cœurs ce même élément de désordre, cette même soif de défaillance et ce même arrière-goût de mort que nous trouvons dans la recherche des corps. Essentiellement, l'amour élève le goût d'un être pour un autre à ce degré de tension où la privation éventuelle de la possession de l'autre – ou la perte de son amour – n'est pas ressentie moins durement qu'une menace de mort. Ainsi a-t-il pour fondement le désir de vivre dans l'angoisse, en présence d'un objet de valeur si grande que le cœur manque à celui qui en craint la perte. La fièvre sensuelle n'est pas le désir de mourir. De même l'amour n'est pas le désir de perdre, mais celui de vivre dans la peur de sa perte possible, l'être aimé maintenant l'amant au bord de la défaillance : à ce prix, seulement, nous pourrons éprouver devant l'être aimé la violence du ravissement.

Ce qui rend risible ces mouvements de dépassement, où le souci de préserver la vie est méprisé, est le glissement, presque immédiat, au désir d'organiser une forme durable, au moins se voulant telle, plaçant le déséquilibre qu'est l'amour à l'abri – s'il se peut – du déséquilibre ! Ce n'est pas dérisoire si l'amant n'oppose pas à la perte de l'être aimé des conventions qui en aliènent la liberté, s'il ne subordonne pas le caprice qu'est l'amour à l'organisation matérielle d'un ménage – enfin d'une famille. Ce n'est pas non plus l'absence d'amour qui rend dérisoire un foyer (l'absence d'amour, comment qu'on la prenne, n'est *rien*), c'est de confondre avec l'amour l'organisation matérielle, d'enliser la souveraineté d'une passion dans des achats de quincaillerie. (Certes, à moins d'en être incapable, il n'est pas moins dérisoire de refuser, dans un mouvement de prétention, l'organisation d'une vie commune.)

Ces oppositions déconcertent d'autant que l'amour diffère déjà de l'érotisme sensuel et se situe dans le mouvement par lequel la sensualité donne en prétexte au désordre du désir une raison d'être bénéfique. La même ambiguïté se retrouve sur tous les plans. D'une part l'amour du partenaire sexuel (variante de l'insertion dans l'ordre de la société active qu'est le mariage, souvent s'accordant avec elle) change la sensualité en tendresse, la tendresse atténue la violence des délices nocturnes, où il est plus commun que l'on imagine de se déchirer sadiquement ; la tendresse est susceptible d'entrer dans une forme équilibrée. D'autre part, la violence fondamentale qui nous porte à perdre pied tend toujours à troubler les relations tendres – à nous faire retrouver dans ces relations le voisinage de la mort (qui est le signe de toute sensualité, fût-elle amendée de tendresse). C'est la condition de ces ravissements *violents*, sans lesquels l'amour sexuel n'aurait pu, comme il l'a fait, prêter son vocabulaire aux descriptions de l'extase des mystiques.

L'Érotisme, 1957.

29

Georges Bataille

C'est sous le pseudonyme de Pierre Angélique que Georges Bataille publia Madame Edwarda *pour la première fois, en 1941, et en 1945 dans une édition clandestine tirée, à chaque fois, à cinquante exemplaires, puis en 1956 aux éditions Pauvert, où il ne signera de son véritable nom que la préface. Il y écrivait notamment : « Pour aller au bout de l'extase où nous nous perdons dans la jouissance, nous devons toujours en poser l'immédiate limite : c'est l'horreur. »*

Quand je vis madame Edwarda se tordre à terre, j'entrai dans un état d'absorption comparable, mais le changement qui se fit en moi ne m'enfermait pas : l'horizon devant lequel le malheur d'Edwarda me plaçait était fuyant, tel l'objet d'une angoisse ; déchiré et décomposé, j'éprouvais un mouvement de puissance, à la condition, devenant mauvais, de me haïr moi-même. Le glissement vertigineux qui me perdait m'avait ouvert un champ d'indifférence [...].

La crise à la fin s'apaisa. Un peu de temps, la convulsion continua, mais elle n'avait plus tant de rage : le souffle lui revint, ses traits se détendirent, cessèrent d'être hideux. À bout de forces, un court instant, je m'allongeai sur la chaussée le long d'elle. Je la couvris de mon vêtement. Elle n'était pas lourde et je décidai de la porter : sur le boulevard la station de taxis était proche. Elle demeura inerte dans mes bras. Le trajet demanda du temps, je dus m'arrêter trois fois ; cependant, elle revint à la vie et, quand nous arrivâmes, elle voulut se tenir debout : elle fit un pas et vacilla. Je la soutins, elle monta, soutenue, dans la voiture.

Elle dit faiblement :

– … pas encore… qu'il attende…

Je demandai au chauffeur de ne pas bouger ; hors de moi de fatigue, je montai et me laissai tomber près d'Edwarda.

Nous restâmes longtemps en silence, madame Edwarda, le chauffeur et moi, immobiles à nos places, comme si la voiture roulait.

Edwarda me dit à la fin :

– Qu'il aille aux Halles !

Je parlai au chauffeur qui mit en marche.

Il nous mena dans des rues sombres. Calme et lente, Edwarda dénoua les liens de son domino qui glissa, elle n'avait plus de loup ; elle retira son boléro et dit pour elle-même à voix basse :

– Nue comme une bête.

Elle arrêta la voiture en frappant la vitre et descendit. Elle approcha jusqu'à le toucher le chauffeur et lui dit :

– Tu vois… je suis à poil… viens.

Le chauffeur immobile regarda la bête : s'écartant elle avait levé haut la jambe, voulant qu'il vît la fente. Sans mot dire et sans hâte, cet homme descendit du siège. Il était solide et grossier. Edwarda l'enlaça, lui prit la bouche et fouilla la culotte d'une main. Elle fit tomber le pantalon le long des jambes et lui dit :

– Viens dans la voiture.

Il vint s'asseoir auprès de moi. Le suivant, elle monta sur lui, voluptueuse, elle glissa de sa main le chauffeur en elle. Je demeurai inerte, regardant ; elle eut des mouvements lents et sournois d'où, visiblement, elle tirait le plaisir suraigu. L'autre lui répondait, il se donnait de tout son corps brutalement : née de l'intimité, mise à nu, de ces deux êtres, peu à peu, leur étreinte en venait au point d'excès où le cœur manque. Le chauffeur était renversé dans un halètement. J'allumai la lampe intérieure de la voiture. Edwarda, droite, à cheval sur le travailleur, la tête en arrière, sa chevelure pendait. Lui soutenant la nuque, je lui vis les yeux blancs. Elle se tendit sur la main qui la portait et la tension accrut son râle. Ses yeux se rétablirent, un instant même, elle parut s'apaiser. Elle me vit : de son regard, à ce moment-là, je sus qu'il revenait de l'impossible et je vis, au fond d'elle, une fixité vertigineuse. À la racine, la crue qui l'inonda rejaillit dans ses larmes : les larmes ruisselèrent des yeux. L'amour, dans ces yeux était mort, un froid d'aurore en émanait, une transparence où je lisais la mort. Et tout était noué dans ce regard de rêve : les corps nus, les doigts qui ouvraient la chair, mon angoisse et le souvenir de la bave aux lèvres, il n'était rien qui ne contribuât à ce glissement aveugle dans la mort.

La jouissance d'Edwarda – fontaine d'eaux vives – coulant en elle à fendre le cœur – se prolongeait de manière insolite : le flot de volupté n'arrêtait pas de glorifier son être, de faire sa nudité plus nue, son impudeur plus honteuse. Le corps, le visage extasiés, abandonnés au roucoulement indicible, elle eut, dans sa douceur, un sourire brisé : elle me vit dans le fond de mon aridité ; du fond de ma tristesse, je sentis le torrent de sa joie se libérer. Mon angoisse s'opposait au plaisir que j'aurais dû vouloir : le plaisir douloureux d'Edwarda me donna un sentiment épuisant de miracle. Ma détresse et ma fièvre me semblaient peu, mais c'était là ce que j'avais, les seules grandeurs en moi qui répondissent à l'extase de celle que, dans le fond d'un froid silence, j'appelais « mon cœur ».

De derniers frissons la saisirent, lentement, puis son corps, demeuré écumant, se détendit : dans le fond du taxi, le chauffeur, après l'amour, était vautré. Je n'avais plus cessé de soutenir Edwarda sous la nuque : le nœud se dégagea, je l'aidai à s'étendre, essuyai sa sueur. Les yeux morts, elle se laissait faire. J'avais éteint : elle s'endormait à demi comme un enfant. Un même sommeil dut nous appesantir, Edwarda, le chauffeur et moi.

Madame Edwarda, 1941.

30
Mehdi Belhaj Kacem

Né en 1973, Mehdi Belhaj Kacem s'est fait remarquer très jeune par la publication d'un premier roman, Cancer *(1994), aux éditions Tristram. Il abandonne assez vite l'écriture romanesque pour entreprendre la publication d'essais à caractère philosophique. Il écrit* L'Essence n de l'amour *(2001) après avoir incarné, la même année, le personnage principal du film de Philippe Garrel,* Sauvage innocence, *avec à ses côtés l'actrice Julie Faure, à qui le livre est dédié.*

Tant qu'à se piquer de savoir absolu sur la jouissance, c'est-à-dire d'amour, autant se mesurer, à l'occasion, pour le coup providentielle, aux véritables Scientifiques de la chose ; et pour la jouissance, quelqu'un de cultivé ne peut guère voir de partenaires plus haut placés que d'un côté, Lacan, de l'autre, Sollers. Ce dernier, qu'elle, comme beaucoup de femmes, n'aime pas, et qui réserve la plus grande pertinence à ces choses, disait, justement dans *Femmes* : soit vous baisez ; soit votre parole compte. C'est l'un *ou* l'autre selon lui, et mieux vaut, à ce sujet, se bercer du moins d'illusions possibles. C'est-à-dire : ce n'est pas en ayant la mauvaise idée de baiser *voluptueusement,* qu'il faut espérer que quoi que ce soit vienne à s'arranger dans l'épreuve amoureuse, l'épreuve du feu, celle de la parole. Plus l'amour est intense, sans parler de baise, plus celle-ci, l'épreuve, sera sacrée paire de manches. Vous vous retroussez donc celles-ci, et vous lancez : s'il s'agit bien d'amour, ce qui est notre hypothèse, en gros, c'est forcément de la « baise » la plus voluptueuse qu'il s'agit, le cas d'école de toutes les « bonnes baises », mais aussi la clé de toute sublimation, car ce mot est connoté de bien des sens erronés : ne lui aviez-vous pas dit, avant même d'engager votre histoire, que vous ne sublimiez jamais ? Si. Vous ne saviez, en fait, pas de quoi vous parliez. Peu de gens savent d'ailleurs ce qu'ils disent en prononçant le mot sublimation : vous vous faites fort de rafraîchir, à vous seul, les mémoires, et même de donner au sens, au sens réel, de ce mot, une connotation neuve. Sublimer n'est pas idéaliser, l'autre comme il est, avec ses défauts, gigantesques, vous voyez quels ils sont – la laideur, chez l'autre, et c'est pourquoi il prend les devants, elle les prend, c'est ce qu'il y a de plus facile à mettre, dans l'amour, en exergue. Des tonnes d'écrits nous inondent annuellement, de règlements de compte amoureux, où on relève, dans les moindres détails, les bassesses, les horreurs et les mesquineries de l'autre, on le salit, parce qu'il est sale.

Sublimer, c'est très simple à comprendre, c'est jouir le plus, de tout, sans avoir à satisfaire, physiquement, le « besoin » dit « sexuel » – c'est ça sublimer. Pourquoi alors votre histoire a-t-elle tourné à l'aigre ? Excellente question. Parce que c'est pareil. La catastrophe et l'hystérie amoureuses sont le même problème que la sublimation – qui est celui de l'*éternisation de la jouissance*. Cette dernière est la définition de l'amour. Il s'agit de ne pas comprendre de travers : éterniser la jouissance, c'est là où ça devient épineux, c'est en soi impossible ; donc plus il y a de « jouissance » repérée, plus il y a de l'amour, et plus elle est presque impossible à éterniser. C'est pourquoi l'amour ne marche presque jamais, dans la plupart des cas. L'amour est ce qui ne se répète pas. Il est le contraire, à ce titre, de la jouissance, qui est ce qui, étant précaire, se répète cependant, exige la répétition, veut se répéter, tellement c'est « bon ». L'amour est une jouissance qui ne se répète pas.

L'Essence n de l'amour, 2001.

VIII

BAISERS ET CARESSES

Le langage de l'amour est aussi un langage du corps. S'il n'y a d'amour que déclaré – l'exemple de La Chartreuse de Parme *que nous avons choisi à propos de la jalousie de Mosca est éloquent à cet égard –, il n'y a pas non plus de sentiment amoureux qui ne passe si peu que ce soit par des gestes, des mimiques, des sons inarticulés. Autant de stratégies plus ou moins inconscientes pour incarner le sentiment amoureux que nous éprouvons envers l'autre. Parmi ces gestes, ces attitudes, parmi ces manifestations physiques, il y a, de façon privilégiée, les baisers et les caresses.*

Quand on aime, on ne se contente pas de voir l'autre : il nous faut être proche de lui, le toucher, l'embrasser comme pour mieux réduire la distance qui nous en sépare. Il existe une dialectique subtile entre le langage et l'étreinte quand les corps se nouent aux mots dans un entrelacs où aucun n'a l'antériorité sur l'autre. Les baisers, réminiscences de la succion infantile, sont bien plus qu'un mouvement régressif en quête d'une mère fantasmée qu'incarnerait imaginairement la femme ou l'homme aimé : ils sont la chair des mots que nous ne pouvons prononcer, car leur sens excède tous ceux que nous pourrions dire sans que nous sachions bien comment. Ils touchent même au non-sens, à l'insignifiant hypertrophié, comme il ressort du texte de Kierkegaard qui propose ironiquement une « théorie du baiser ». Mais les *baisers sont plus que le mouvement des lèvres qui les forment : ils scellent mystérieusement notre vie (*La Belle au bois dormant*) et notre mort (*Roméo et Juliette*). Le plaisir qui les accompagne nous fait approcher une intimité essentielle qui, comme le décrit si bien Proust, esquisse à la surface de notre corps « comme la mystérieuse douceur d'une pénétration ».*

Pour un philosophe comme Sartre, la caresse manifeste un désir d'appropriation du corps de l'autre. La caresse, écrit-il, « n'est pas simple effleurement : elle est façonnement. *En caressant autrui, je fais naître sa chair par ma caresse, sous mes doigts ». Par la caresse je m'incarne pour incarner autrui : je nous fais exister, lui et moi, dans un désir encore inaccompli. Mais « la caresse n'est aucunement distincte du désir : caresser des yeux ou désirer ne font qu'un ;* le désir s'exprime par la caresse comme la pensée par le langage ». *Or c'est bien tout le contraire pour Emmanuel Levinas, qui récuse de ce point de vue-là les philosophies du désir (et la psychanalyse), obsédées par l'idée de possession d'un corps. Aimer, ce n'est pas essentiellement établir un pouvoir sur l'autre. C'est, tout au contraire, s'exposer à lui, se donner. Car la caresse, loin de la réduire, creuse l'altérité. Dans* Totalité et infini, *Levinas écrivait déjà que la caresse « exprime l'amour, mais souffre d'une incapacité de le dire. Elle a faim de cette expression même dans un incessant accroissement de faim ».*

31
Marcel Proust

Tout au long de La Recherche, *Marcel Proust traque à travers nos émotions et la mémoire que nous pouvons en avoir, une vérité que nos raisonnements seuls ne peuvent nous permettre d'atteindre. « Les vérités que l'intelligence saisit directement à claire-voie dans le monde de la pleine lumière ont quelque chose de moins profond, de moins nécessaire que celles que la vie nous a malgré nous communiquées en une impression matérielle parce qu'elle est entrée par nos sens, mais dont nous pouvons dégager l'esprit* [1]. »

D'ailleurs notre tort n'est pas de priser l'intelligence, la gentillesse d'une femme que nous aimons, si petites que soient celles-ci. Notre tort est de rester indifférent à la gentillesse, à l'intelligence des autres. Le mensonge ne recommence à nous causer l'indignation, et la bonté la reconnaissance qu'ils devraient toujours exciter en nous, que s'ils viennent d'une femme que nous aimons, et le désir physique a ce merveilleux pouvoir de rendre son prix à l'intelligence et des bases solides à la vie morale. Jamais je ne retrouverais cette chose divine : un être avec qui je pusse causer de tout, à qui je pusse me confier.

1. *Le Temps retrouvé*, 1927.

Me confier ? Mais d'autres êtres ne me montraient-ils pas plus de confiance qu'Albertine ? Avec d'autres n'avais-je pas des causeries plus étendues ? C'est que la confiance, la conversation, choses médiocres, qu'importe qu'elles soient plus ou moins imparfaites, si s'y mêle seulement l'amour, qui seul est divin. Je revoyais Albertine s'asseyant à son pianola, rose sous ses cheveux noirs ; je sentais, sur mes lèvres qu'elle essayait d'écarter, sa langue, sa langue maternelle, incomestible, nourricière et sainte dont la flamme et la rosée secrètes faisaient que, même quand Albertine la faisait seulement glisser à la surface de mon cou, de mon ventre, ces caresses superficielles mais en quelque sorte faites par l'intérieur de sa chair, extériorisé comme une étoffe qui montrerait sa doublure, prenaient, même dans les attouchements les plus externes, comme la mystérieuse douceur d'une pénétration.

Albertine disparue (La Fugitive), 1927.

32
Søren Kierkegaard

Søren Kierkegaard (1813-1855) est l'un des philosophes qui s'est le plus intéressé à la question de l'amour. En témoigne en particulier son livre Ou bien… ou bien *(dont fait partie « Le Journal du séducteur »), publié en 1843 sous l'un de ses nombreux pseudonymes, Victor Eremita. Fiancé à Régine Olsen, âgée alors de quatorze ans, il rompt ses fiançailles quatre ans plus tard de façon inexpliquée et meurt à quarante-deux ans sans s'être jamais marié.*

Un vieux philosophe a dit que si on note exactement ce qui nous arrive dans la vie, on devient, sans s'en douter, philosophe. Depuis assez longtemps je fréquente la communauté des fiancés, et il faut tout de même que cela aboutisse à quelque chose. J'ai donc eu l'idée d'accumuler des matériaux pour un ouvrage intitulé : *Contribution à la théorie du baiser, dédié à tous les tendres amoureux*. Il est d'ailleurs curieux que rien n'existe encore à ce sujet. Et si j'y réussis, j'aurai par conséquent suppléé à un besoin longuement senti. Cette lacune dans la littérature serait-elle due au fait que les philosophes ne pensent pas à ces choses-là, ou est-ce qu'ils ne s'y entendent point ? – Je suis déjà à même de donner quelques indications.

Un baiser complet veut que ce soient une jeune fille et un homme qui agissent. Un baiser entre hommes est de mauvais goût ou, ce qui est pire, il a une saveur désagréable. – Ensuite je pense qu'un baiser est plus proche de son idée quand c'est un homme qui le donne à la jeune fille qu'inversement. Là où avec les années une indifférence à cet égard s'est produite, le baiser a perdu son sens. C'est le cas du baiser conjugal d'intérieur avec lequel les époux, faute de serviette, s'essuient réciproquement la bouche en disant : grand bien vous fasse ! Si la différence d'âge est très grande, aucune idée ne justifie le baiser. Je me rappelle une école provinciale de jeunes filles où celles de la dernière classe avaient dans leur terminologie l'expression : « Embrasser le Conseiller de justice », expression qui se reliait dans leur esprit à une idée rien moins qu'agréable. L'origine en était la suivante : la maîtresse de l'école avait un beau-frère habitant chez elle, il avait été Conseiller de justice, était âgé et prenait la liberté, en vertu de son âge, d'embrasser les jeunes filles. – Le baiser doit exprimer une passion précise. Quand un frère embrasse sa sœur jumelle, le baiser n'est pas un vrai baiser, pas plus qu'un baiser de fortune aux jeux de Noël ou un baiser dérobé. Un baiser est un acte symbolique, qui ne signifie rien si le sentiment qu'il doit marquer n'existe pas, et ce sentiment n'existe que dans des circonstances précises. – Si on désire s'essayer à classer les baisers, plusieurs principes se laissent concevoir. On peut les classer selon le bruit qu'ils produisent. Malheureusement la langue ne suffit pas à couvrir le terrain de mes observations à cet égard. Je crois que l'ensemble des langues du monde n'a pas un assortiment d'onomatopées suffisant pour marquer les différences que j'ai appris à connaître rien que dans la maison de mon oncle. Le baiser est tantôt bruyant comme un déclic, tantôt sifflant, il y en a qui claquent, qui tonnent, tantôt il est bien rempli, tantôt creux, tantôt de calicot, etc. etc. – On peut classer le baiser d'après son contact, le baiser tangent, ou le baiser *en passant*[1] et le baiser cohérent. – On peut les classer d'après leur durée brève ou longue. Mais le temps peut donner encore une autre classification qui est au fond la seule qui m'ait plu. On distingue alors entre le premier baiser et tous les autres. La qualité visée ici est incommensurable avec ce qui survient lors des autres classifications, elle est indifférente au son, à l'attouchement et au temps en général. Le premier baiser est cependant qualitativement différent de tous les autres. Il n'y a que peu de gens qui y réfléchissent, et ce serait grand dommage qu'il n'y eût pas quelqu'un au moins pour y penser.

Ou bien… ou bien, « Le Journal du séducteur », 1847.

1. En français dans le texte.

33
William Shakespeare

William Shakespeare (1564-1616) écrit Roméo et Juliette *entre 1590 et 1595 sans que l'on soit tout à fait sûr de la date de sa composition. C'est sans doute sa pièce la plus célèbre, qui a incarné à l'époque romantique le drame de la passion amoureuse juvénile. Dans la scène qui suit, au dernier acte, Roméo, après avoir tué un des Capulet qui l'a pris à parti, se trouve dans le cimetière devant le corps de Juliette inanimée, et la croit morte alors qu'elle a seulement absorbé une potion qui lui donne l'apparence de la mort.*

ROMÉO

En vérité je le ferai. Que j'examine ce visage :
Le parent de Mercutio, noble comte Paris !
Que disait donc mon serviteur
Quand mon âme soulevée ne pouvait l'entendre
Et que nous chevauchions tous deux ? Il me disait
Que Paris devait épouser Juliette ? Ne l'a-t-il pas dit ?
Ou bien l'ai-je rêvé ? Ou ne suis-je pas fou
L'entendant parler de Juliette
D'avoir cette idée ? Oh donne-moi ta main
Toi inscrit avec moi sur le livre d'infortune !

Je t'ensevelirai dans un glorieux tombeau ;
Un tombeau ? Mais non, ô jeune assassiné, une lanterne !
Car ici Juliette est étendue, et sa beauté
Fait de sa tombe une salle royale emplie de lumière.
Mort, repose, enseveli par un homme mort.

Il couche Paris dans le monument.

Combien souvent les hommes sur le point de mourir
Se sont sentis joyeux ! Ceux qui veillent sur eux
Disent : l'éclair avant la mort. Mais moi pourrais-je
Nommer cette heure éclair ? Ô mon amour, ma femme,
La mort a sucé le miel de ton haleine
Et n'a pas eu de prise encor sur ta beauté
Et tu n'es pas conquise. L'enseigne de beauté
Est encor cramoisie sur tes lèvres tes joues
Et le pâle drapeau de la mort n'est pas avancé.
Tybalt, gis-tu là dans ton sanglant linceul ?
Quelle plus grande faveur puis-je te donner
Que par cette même main qui trancha ta jeunesse
Rompre celui qui fut ton ennemi ?
Pardonne, mon cousin. Ah chère Juliette
Pourquoi es-tu si belle encore ? Dois-je penser
Que la mort non substantielle est amoureuse
Et que le monstre maigre abhorré te conserve
Ici pour être ton amant dans la ténèbre ?
Par crainte de cela je demeure avec toi
Et plus jamais de ce palais de la nuit obscure
Je ne repartirai ; ici je veux rester
Avec les vers qui sont tes serviteurs ; ici, ici
Je vais fixer mon repos éternel
Et secouer le joug des étoiles funestes
Pesant sur cette chair lasse du monde.
Mes yeux regardez une dernière fois !
Mes bras prenez votre dernier embrassement !
Et mes lèvres, ô vous

Portes du souffle, par un légitime baiser
Scellez un marché sans terme avec l'accapareuse mort !
Viens amer conducteur. Viens guide repoussant.
Toi désespéré pilote, jette enfin
Sur les récifs brisants ta barque épuisée malade de la mer !
Voilà pour mon amour !

Il boit.

Honnête apothicaire,
Ta drogue est rapide. En un baiser je meurs.

Roméo et Juliette, 1590-1595.

34
Jean-Paul Sartre

Jean-Paul Sartre (1905-1980) a donné avec L'Être et le néant *(1943) son livre de philosophie le plus marquant. L'ouvrage, d'inspiration clairement phénoménologique, met en place une conception très personnelle du néant, qui joue un rôle central dans la structure de notre conscience. L'amour alors est perçu comme une menace pour chacun dans le rapport trouble qu'il entretient avec son corps et sa contingence essentielle.*

Mais s'il est vrai que le désir est une conscience qui se fait corps pour s'approprier le corps d'autrui saisi comme totalité organique en situation avec la conscience à l'horizon, quelle est la signification du désir ; c'est-à-dire : pourquoi la conscience se fait-elle – ou tente-t-elle vainement de se faire – corps et qu'attend-elle de l'objet de son désir ? Il sera facile de répondre si l'on réfléchit que, dans le désir, je me fais chair *en présence d'autrui pour m'approprier la chair d'autrui*. Cela signifie qu'il ne s'agit pas seulement de saisir des épaules ou des flancs ou d'attirer un corps contre moi : il faut encore les saisir avec cet instrument particulier qu'est le corps en tant qu'il empâte la conscience. En ce sens, lorsque je saisis ces épaules, on pourrait dire non seulement que mon corps est un moyen pour toucher les épaules mais que les épaules d'autrui sont un moyen pour moi de découvrir mon corps comme révélation fascinante de ma facticité, c'est-à-dire comme chair. Ainsi le désir est désir d'appropriation d'un corps en tant que cette appropriation me révèle mon corps comme chair. Mais ce corps que je veux m'approprier, je veux me l'approprier *comme chair*. Or, c'est ce qu'il n'est pas d'abord pour moi : le corps d'Autrui apparaît comme forme synthétique en acte ; nous l'avons vu, on ne saurait percevoir le corps d'Autrui comme chair pure, c'est-à-dire à titre d'objet isolé ayant avec les autres *ceci* des relations d'extériorité. Le corps d'Autrui est originellement corps en situation ; la chair au contraire apparaît comme *contingence pure de la présence*. Elle est ordinairement masquée par les fards, les vêtements, etc. ; surtout, elle est masquée par les *mouvements* ; rien n'est moins « en chair » qu'une danseuse, fût-elle nue. Le désir est une tentative pour déshabiller le corps de ses mouvements comme de ses vêtements et de le faire exister comme pure chair ; c'est une tentative d'*incarnation* du corps d'Autrui. C'est en ce sens que les caresses sont appropriation du corps de l'Autre : il est évident que, si les caresses ne devaient être que des effleurements, des frôlements, il ne saurait y avoir de rapport entre elles et le puissant désir qu'elles prétendent combler ; elles demeureraient en surface, comme des regards, et ne sauraient *m'approprier* l'Autre. On sait combien paraît décevant ce mot fameux : « Contact de deux épidermes ». La caresse ne se veut pas simple *contact* ; il semble que l'homme seul peut la réduire à un contact et qu'alors il manque son sens propre. C'est que la caresse n'est pas simple effleurement : elle est *façonnement*. En caressant autrui, je fais naître sa chair par ma caresse, sous mes doigts. La caresse est l'ensemble des cérémonies qui *incarnent* Autrui. Mais, dira-t-on, n'était-il pas incarné déjà ? Justement *non.* La chair d'autrui n'existait pas explicitement pour moi, puisque je saisissais le corps d'Autrui en situation ; elle n'existait pas non plus pour lui puisqu'il la transcendait vers ses possibilités et vers l'objet. La caresse fait naître Autrui comme chair pour moi et pour lui-même. Et par chair, nous n'entendons pas une *partie* du corps, telle que derme, tissu conjonctif ou, précisément, épiderme ; il ne s'agit pas non plus forcément du corps « en repos » ou assoupi, quoique souvent ce soit ainsi qu'il révèle mieux sa chair. Mais la caresse révèle la chair en déshabillant le corps de son action, en le scindant des possibilités qui l'entourent : elle est faite pour découvrir sous l'acte la trame d'inertie – c'est-à-dire le pur « être-là » – qui le soutient : par exemple en *prenant* et en *caressant* la main de l'Autre, je découvre, sous la *préhension* que cette main est *d'abord*, une étendue de chair et d'os qui peut être prise ; et, pareillement mon regard caresse lorsqu'il découvre, sous ce bondissement que sont d'abord les jambes de la danseuse, l'étendue lunaire des cuisses. Ainsi la caresse n'est aucunement distincte du désir : caresser des yeux ou désirer ne font qu'un ; *le désir s'exprime par la caresse comme la pensée par le langage.* Et précisément la caresse révèle la chair d'Autrui comme chair à moi-même *et à autrui.* Mais elle révèle cette chair de façon très particulière : empoigner Autrui lui révèle bien son inertie et sa passivité de transcendance-transcendée ; mais ce n'est pas là le caresser. Dans la caresse, ce n'est pas mon corps comme forme synthétique en action qui caresse Autrui : mais c'est mon corps de chair qui fait naître la chair d'autrui. La caresse est faite pour faire naître par le plaisir le corps d'Autrui à Autrui et à moi-même comme passivité *touchée* dans la mesure où mon corps se fait chair pour le toucher avec sa propre passivité, c'est-à-dire en se caressant à lui plutôt qu'en le caressant. C'est pourquoi les gestes amoureux ont une langueur qu'on pourrait presque dire étudiée : il ne s'agit pas tant de *prendre* une partie du corps de l'autre que de *porter* son propre corps contre le corps de l'autre. Non pas tant de pousser ou de toucher, au sens actif, mais de *poser contre*. Il semble que je *porte* mon propre bras, comme un objet inanimé et que je le *pose* contre le flanc de la femme désirée ; que mes doigts que *je promène* sur son bras soient inertes au bout de ma main. Ainsi la révélation de la chair d'autrui se fait par ma propre chair ; dans le désir et dans la caresse qui l'exprime, je m'incarne pour réaliser l'incarnation d'autrui ; et la caresse en *réalisant* l'incarnation de l'Autre me découvre ma propre incarnation ; c'est-à-dire que je me fais chair pour entraîner l'Autre à réaliser *pour-soi* et *pour moi* sa propre chair et mes caresses font naître pour moi ma chair en tant qu'elle est, pour autrui, *chair le faisant naître à la chair* ; je lui fais goûter ma chair par sa chair pour l'obliger à se sentir chair. Et de la sorte apparaît véritablement la *possession* comme *double incarnation réciproque*. Ainsi, dans le désir, il y a tentative d'incarnation de la conscience (c'est ce que nous appelions tout à l'heure empâtement de la conscience, conscience troublée, etc.) pour réaliser l'incarnation de l'Autre.

L'Être et le néant, 1943.

35

Emmanuel Levinas

Dans ce second extrait du Temps et l'autre *(1979), Emmanuel Levinas esquisse une phénoménologie de la volupté dont il avait posé les prémisses dans* Totalité et infini *(1961). La caresse y est pensée d'une façon quasi opposée à celle de Sartre.*

Une phénoménologie de la volupté, que je ne vais qu'effleurer ici – la volupté n'est pas un plaisir comme un autre, parce qu'elle n'est pas un plaisir solitaire comme le manger et le boire –, semble confirmer nos vues sur le rôle et la place exceptionnelle du féminin, et sur l'absence de toute fusion dans l'érotique.

La caresse est un mode d'être du sujet, où le sujet dans le contact d'un autre va au-delà de ce contact. Le contact en tant que sensation fait partie du monde de la lumière. Mais ce qui est caressé n'est pas touché à proprement parler. Ce n'est pas le velouté ou la tiédeur de cette main donnée dans le contact que cherche la caresse. Cette recherche de la caresse en constitue l'essence par le fait que la caresse ne sait pas ce qu'elle cherche. Ce « ne pas savoir », ce désordonné fondamental en est l'essentiel. Elle est comme un jeu avec quelque chose qui se dérobe, et un jeu absolument sans projet ni plan, non pas avec ce qui peut devenir nôtre et nous, mais avec quelque chose d'autre, toujours autre, toujours inaccessible, toujours à venir. La caresse est l'attente de cet avenir pur, sans contenu. Elle est faite de cet accroissement de faim, de promesses toujours plus riches, ouvrant des perspectives nouvelles sur l'insaisissable. Elle s'alimente de faims innombrables. Cette intentionnalité de la volupté, intentionnalité unique de l'avenir lui-même, et non pas attente d'un fait futur, a toujours été méconnue par l'analyse philosophique. Freud lui-même ne dit pas de la libido beaucoup plus que sa recherche du plaisir, prenant le plaisir comme simple contenu, à partir duquel on commence l'analyse, mais qu'on n'analyse pas lui-même. Freud ne cherche pas la signification de ce plaisir dans l'économie générale de l'être. Notre thèse qui consiste à affirmer la volupté comme l'événement même de l'avenir, l'avenir pur de tout contenu, le mystère même de l'avenir, cherche à rendre compte de sa place exceptionnelle.

Peut-on caractériser ce rapport avec l'autre par l'Éros comme un échec ? Encore une fois, oui, si l'on adopte la terminologie des descriptions courantes, si on veut caractériser l'érotique par le « saisir », le « posséder », ou le « connaître ». Il n'y a rien de tout cela ou échec de tout cela, dans l'éros. Si on pouvait posséder, saisir et connaître l'autre, il ne serait pas l'autre. Posséder, connaître, saisir sont des synonymes du pouvoir.

D'ailleurs, le rapport avec l'autre est généralement recherché comme une fusion. J'ai voulu précisément contester que la relation avec l'autre soit fusion. La relation avec autrui, c'est l'absence de l'autre ; non pas absence pure et simple, non pas absence de pur néant, mais absence dans un horizon d'avenir, une absence qui est le temps. Horizon où pourra se constituer une vie personnelle au sein de l'événement transcendant [...].

Le Temps et l'autre, 1979.

IX
PERTE

Puis vient le temps de la séparation. Ni nécessairement volontaire ni forcément brutale. Une séparation parfois imperceptible, qui défait *ceux qui se croyaient liés pour toujours et les met insensiblement à distance, sans qu'ils s'en rendent toujours compte. Ou bien alors une rupture, avec ce que ce mot suppose de violence et de soudaineté parfois – et la mort n'est pas la moindre de ces ruptures. Dans tous les cas, c'est d'une perte qu'il s'agit, une perte que le deuil peut permettre d'assimiler pour mieux vivre avec, mais une perte tout de même, irréparable.*

La perte hante l'amour et remplit le sentiment amoureux de mélancolie. À des degrés divers, il est vrai, et pas également à toutes les périodes de notre vie. Il y a même des moments où l'on pourrait la croire tout à fait absente, cette mélancolie, lorsque, emportés dans la joie et le plaisir, nous sommes tout entiers tendus vers un avenir aveugle mais sans limite apparente, disponibles pour tout ce qui vient et qui nous semble heureux. Pourtant, nous savons bien que le temps nous rattrapera, que l'épuisement, la lassitude, l'égoïsme, le conflit auront raison de nous. Nous savons que l'amour aura une fin, et certains même l'anticipent si bien qu'ils s'en interdisent d'aimer.

Cette fin, les poètes l'ont toujours évoquée à celles qu'ils aimaient et dont ils ont célébré l'éphémère beauté, cherchant en même temps à donner à l'amour une durée qui transcende le temps trop bref que nous aurons eu pour le vivre. Que reste-t-il de nos amours enfuies ? Qu'en subsisterait-il dans l'esprit de ceux que nous avons aimés « si nous mourions là-bas… » *? Que conserveront-ils désormais de nous qui semblions tout pour eux et qui ne sommes désormais plus rien ?* Quelque chose, *nous voulons le croire, qui ne disparaîtra qu'avec notre propre vie, car il en fait désormais partie. Et je serais prêt à penser, avec Pascal Quignard, que « l'amour – la communication étrange par laquelle deux sensibilités se sont touchées – subsiste après les ruptures et même après les deuils*[1] ».

Quoi qu'il en soit, cette perte de l'autre, anticipée, réelle ou fantasmée, provisoire ou définitive, c'est aussi la vie amoureuse. Ce peut être une terrible atteinte narcissique – et ça l'est sans doute toujours si peu que ce soit, puisqu'une part si importante de nous-mêmes est ainsi violemment emportée, au point que beaucoup ont besoin de se « reconstruire » après. Mais la mort de l'être aimé, cette perte si bouleversante et dévastatrice, devient parfois aussi une façon de cohabiter dans un temps recomposé que seule connaît la grammaire du deuil, un temps qui n'est ni passé ni futur, qui est le temps de la « suspension du temps de tous les jours », comme dit Emmanuel Hocquard. Un temps qui a l'évidence verticale de la douleur pénétrante qu'aucune présence ne peut apaiser, qu'aucun verbe ne peut décliner, « quelque chose noir » *qui obscurcit tout et que l'écriture peut aider à élucider.*

1. *Vie secrète*, chap. XII, 1998.

36

Guillaume Apollinaire

En septembre 1914, Guillaume Apollinaire (1880-1918) rencontre, sur la Côte d'Azur où il se trouve alors, Louise de Coligny-Châtillon, pour laquelle il va éprouver une brève et violente passion la semaine qui précède son engagement dans l'armée. Mais Lou entretient alors une autre liaison, dont elle ne fait pas mystère à Apollinaire. Il ne la reverra que deux fois. Il lui écrira presque chaque jour pendant un an, puis de moins en moins, jusqu'à sa dernière lettre en janvier 1916. Les Poèmes à Lou *que contient cette correspondance seront publiés après sa mort.*

XII
SI JE MOURAIS LÀ-BAS…

Si je mourais là-bas sur le front de l'armée
Tu pleurerais un jour ô Lou ma bien-aimée
Et puis mon souvenir s'éteindrait comme meurt
Un obus éclatant sur le front de l'armée
Un bel obus semblable aux mimosas en fleur

Et puis ce souvenir éclaté dans l'espace
Couvrirait de mon sang le monde tout entier
La mer les monts les vals et l'étoile qui passe

Les soleils merveilleux mûrissant dans l'espace
Comme font les fruits d'or autour de Baratier

Souvenir oublié vivant dans toutes choses
Je rougirais le bout de tes jolis seins rosés
Je rougirais ta bouche et tes cheveux sanglants
Tu ne vieillirais point toutes ces belles choses
Rajeuniraient toujours pour leurs destins galants

Le fatal giclement de mon sang sur le monde
Donnerait au soleil plus de vive clarté
Aux fleurs plus de couleur plus de vitesse à l'onde
Un amour inouï descendrait sur le monde
L'amant serait plus fort dans ton corps écarté

Lou si je meurs là-bas souvenir qu'on oublie
– Souviens-t'en quelquefois aux instants de folie
De jeunesse et d'amour et d'éclatante ardeur –
Mon sang c'est la fontaine ardente du bonheur
Et sois la plus heureuse étant la plus jolie

Ô mon unique amour et ma grande folie

30 janvier 1915, Nîmes.

La nuit descend
On y pressent
Un long un long destin de sang

Poèmes à Lou, 1947.

37

Roland Barthes

Dans ce deuxième extrait des Fragments d'un discours amoureux, *Barthes considère le deuil amoureux comme un exil volontaire qui me soustrait à l'imaginaire de l'autre et me permet de m'en détacher. Mais peut-on, se demande-t-il, vouloir ainsi s'arracher à l'imaginaire amoureux sans éprouver le feu qui couve, la « tourbe mal éteinte », sous la cendre que l'on a décrétée désormais froide ?*

L'EXIL DE L'IMAGINAIRE

EXIL. Décidant de renoncer à l'état amoureux, le sujet se voit avec tristesse exilé de son Imaginaire.

1. Je prends Werther à ce moment fictif (dans la fiction elle-même) où il aurait renoncé à se suicider. Il ne lui reste plus alors que l'exil : non pas s'éloigner de Charlotte (il l'a déjà fait une fois, sans résultat), mais s'exiler de son image, ou pire encore : tarir cette énergie délirante qu'on appelle l'Imaginaire. Commence alors « une espèce de longue insomnie ». Tel est le prix à payer : la mort de l'Image contre ma propre vie.

Werther

Hugo

Freud

(La passion amoureuse est un délire ; mais le délire n'est pas étrange ; tout le monde en parle, il est désormais apprivoisé. Ce qui est énigmatique, c'est *la perte de délire* : on rentre dans quoi ?)

HUGO : « L'exil est une espèce de longue insomnie » (*Pierres*, 62).

FREUD : « Le deuil incite le moi à renoncer à l'objet en déclarant que ce dernier est mort et en offrant au moi la prime de rester en vie » (*Métapsychologie*, 219).

2. Dans le deuil réel, c'est l'« épreuve de réalité » qui me montre que l'objet aimé a cessé d'exister. Dans le deuil amoureux, l'objet n'est ni mort, ni éloigné. C'est moi qui décide que son image doit mourir (et cette mort, j'irai peut-être jusqu'à la lui cacher). Tout le temps que durera ce deuil étrange, il me faudra donc subir deux malheurs contraires : souffrir de ce que l'autre soit présent (continuant, malgré lui, à me blesser) et m'attrister de ce qu'il soit mort (tel du moins que je l'aimais). Ainsi je m'angoisse (vieille habitude) d'un téléphone qui ne vient pas, mais dois me dire en même temps que ce silence, *de toute manière*, est inconséquent, puisque j'ai décidé de faire mon deuil d'un tel souci : il appartenait seulement à l'image amoureuse d'avoir à me téléphoner ; cette image disparue, le téléphone, qu'il sonne ou non, reprend son existence futile.

(Le point le plus sensible de ce deuil n'est-il pas qu'il me faut *perdre un langage* – le langage amoureux ? Fini les « Je t'aime ».)

3. Le deuil de l'image, pour autant que je le rate, me fait angoissé ; mais, pour autant que je le réussis, il me rend triste. Si l'exil de l'Imaginaire est la voie nécessaire de la « guérison », il faut convenir qu'ici le progrès est triste. Cette tristesse n'est pas une mélancolie – ou du moins c'est une mélancolie incomplète (nullement clinique), car je ne m'accuse de rien et je ne suis pas prostré. Ma tristesse
Freud
appartient à cette frange de la mélancolie où la perte de l'être aimé reste abstraite. Manque redoublé : je ne puis même pas investir mon malheur, comme au temps où je souffrais d'être amoureux. En ce temps-là, je désirais, je rêvais, je luttais ; un bien était devant moi, simplement retardé, traversé par des contretemps. Maintenant, plus de retentissement ; tout est calme, et c'est pire. Quoique justifié par une économie – l'image meurt pour que je vive –, le deuil amoureux a toujours un reste : un mot revient sans cesse : « Quel dommage ! »

FREUD : « Dans certaines circonstances, on peut reconnaître que la perte est de nature moins concrète. L'objet, par exemple, n'est pas vraiment mort, mais seulement perdu en tant qu'objet d'amour… » (*Métapsychologie*, 194).

4. Preuve d'amour : je te sacrifie mon Imaginaire – comme on faisait la dédicace d'une chevelure. Ainsi peut-être (du moins le dit-on) accéderai-je à l'« amour vrai ». S'il y a quelque similitude entre la crise amoureuse et la cure analytique, je fais alors le deuil de qui j'aime, comme le patient fait le deuil de son analyste :

je liquide mon transfert, et c'est ainsi, paraît-il, que la cure et la crise finissent. Cependant, a-t-on fait remarquer, cette théorie oublie que l'analyste, lui aussi, doit faire le deuil de son patient (faute de quoi l'analyse risque d'être interminable) ; de même, l'être aimé – si je lui sacrifie un Imaginaire qui cependant l'empoissait –, l'être aimé doit entrer dans la mélancolie de sa propre déchéance. Et il faut, concurremment à mon propre deuil, prévoir et assumer cette mélancolie de l'autre, et j'en souffre, *car je l'aime encore.*

Antoine Compagnon

L'acte vrai du deuil, ce n'est pas de souffrir par la perte de l'objet aimé ; c'est de constater un jour, sur la peau de la relation, telle menue tache, venue là comme le symptôme d'une mort sûre : pour la première fois, je fais du mal à qui j'aime, sans le vouloir, certes, mais *sans m'affoler.*

ANTOINE COMPAGNON, « L'analyse orpheline ».

5. Je tente de m'arracher à l'Imaginaire amoureux : mais l'Imaginaire brûle par-dessous, comme de la tourbe mal éteinte ; il s'embrase de nouveau ; ce qui était renoncé resurgit ; de la tombe mal fermée éclate brusquement un long cri.

(Jalousies, angoisses, possessions, discours, appétits, signes, de nouveau le désir amoureux brûlait de partout. C'était comme si je voulais étreindre une dernière fois, à la folie, quelqu'un qui allait mourir – à qui j'allais mourir : j'opérai un déni de séparation.)

Freud Winnicott

FREUD : « Cette révolte est parfois si intense que le sujet peut en arriver à se détourner de la réalité et à se cramponner à l'objet perdu grâce à une psychose hallucinatoire du désir » (*Métapsychologie*, 193).
WINNICOTT : « Juste avant que la perte soit ressentie, on peut discerner chez l'enfant, dans l'utilisation excessive de l'objet transitionnel, le déni de la crainte que cet objet perde sa signification » (*Jeu et Réalité*, 26 s.).

Fragments d'un discours amoureux, 1977.

38

Emmanuel Hocquard

Publiée en 1990 dans Élégies, *« Élégie 5 » est un poème qui est en même temps une méditation sur le temps qui passe et la perte de l'amour. L'évocation de l'Antiquité romaine, si présente dans les premiers textes d'Emmanuel Hocquard, est une forme de distanciation permettant d'éloigner un sentiment qui se refuse à la mélancolie pour ménager la suspension de l'événement singulier dans les mots du poème.*

I

Dehors, ni pluie, ni vent. C'est la nuit,
et ce n'est pas encore l'approche du matin.
Un temps mort au début de l'hiver : le temps
[des provisions de bord,
la part des hommes avec la part des rats,
la part des mots ;
Le temps sans amour où l'esprit en éveil
n'a plus rien à se mettre sous la dent
si ce n'est quelque chose comme
Un bruit déjà lointain et pourtant familier
De feuillages froissés dans l'ancien vent des nuits d'hiver.
Décembre, en descendant avec beaucoup de précautions
ce chemin très en pente

Rendu glissant entre les murs par les pluies de la veille
et les petites branches.
Fouillant en vain la pénombre des yeux
à la recherche de détails complémentaires
suffisamment probants pour éclairer la situation
sous un angle nouveau,
Nous n'avons rien trouvé qui ne nous fût déjà connu,
pas même le hérisson
qui se risquait à traverser la rue
Ou que la grille du jardin ne grinçait pas quand il
[pleuvait,
ce qui ne prouvait alors déjà rien
Et nous inciterait aujourd'hui à conclure que l'affaire
est classée ; que le bruit des feuilles
est le bruit des feuilles ; et le silence
une nécessité heureuse.

II

Tête brûlée. De ma fenêtre, le matin, je voyais les collines
en traduisant Lysias.
Tu fumais des Camel et conduisais toi-même une
[Nash vert eau
aux essuie-glaces rapides ;
Et on disait que tu avais pour maîtresse
une femme de mauvaise vie : Aurélia Orestilla.
Mais après tout cela ne regardait que vous : elle et toi.
Où donc avais-tu pris ce goût de conspirer ?
Est-ce dans la pièce attenante à la salle de chant,
Au milieu des archives, des masques et des vieux décors
qui sentaient le moisi et la colle
Que te vint cette idée de soulever les Allobroges ?
Déjà tu avais mis à rude épreuve la patience
des professeurs, Marcus Portius,

Marcus Tullius surtout, dont la toge blanche
dissimulait une cuirasse.
Pourquoi t'en être pris aussi aux promoteurs
Qui rasent les montagnes pour construire sur l'eau ?
Avec le nom que tu portais
Et quelques solides appuis du côté du Sénat,
tes dettes remboursées, tu aurais aujourd'hui
Un cabinet prospère sur les Champs-Élysées
et tu parlerais de César au passé,
Celui, tu te souviens, qui tirait les ficelles
depuis son banc derrière le poêle.

Tout cela, pour finir, t'a conduit au milieu des collines
avec cet air farouche que tu avais de ton vivant.
Et maintenant, Catilina, ça te fait une belle jambe.

III

Avant l'année de référence, un hiver valait
pour les autres hivers. Pas de saison intermédiaire.
Des étés sans couleur, et sans ombre
à cause du manque d'eau et des nuits claires,
Des nuits durant lesquelles les rats – eux d'ordinaire
si discrets, si pointilleux dans le partage
des heures et des lieux, les rats si prudents d'habitude
étaient ivres. Jamais on ne les vit mais on
[les entendra
trotter jusqu'au renversement de l'âge,
le changement de temps : le silence des rats en hiver.

Nous avons tout ce temps pour nous.
Tout le temps de peser nos phrases, car la venue du froid
n'est pas en elle-même un événement.
Les anciens mots conviennent aux situations nouvelles

et les vieux commentaires nous serviront bien encore
[cet hiver.
User des mêmes mots sera notre manière
de nous taire sans avoir l'air de laisser mourir
la conversation.
Sans vraiment prendre part à ce qui nous entoure
– chacun a eu, dit-on, sa part de vie –
nous serons crédités d'un temps que nous n'avons
jamais connu. Ce temps qu'on nous envie, bien
[qu'il ne fût jamais
le nôtre, est un temps mort, échu par héritage.

Nous avons ce temps devant nous pour retourner
[les mots
qui rendent le son creux des idées grises,
Le temps passé, le temps perdu dont la mémoire
[est vide ;
Nous avons devant nous ce temps sans référence
aux mots qui ne mesurent rien : pas de mesure pour
[le temps gris.

IV

Pour toute chose, nous eûmes les mêmes yeux :
le jardin d'autrefois et celui d'aujourd'hui,
le jardin immobile.
Nous avançâmes au milieu de ce qui porte un nom
et que nous avions appris à nommer ;
Nous progressâmes dans les livres
au milieu de ce que nous apprenions,
L'arbre vivant et l'arbre mort au même titre,
songeant peut-être qu'une telle coïncidence
Ne durerait pas toujours car sa croissance serait sa mort
et la pensée du modèle sa fin.

Notre amour n'eut pas d'autres lieux
Qu'une succession de regards sur des lieux de fortune,
morceaux de choix ravis aux circonstances,
Une alternance de mémoire et d'oubli pour les
[choses connues
et puis l'indifférence aux choses sues.

Le temps de l'amour fut cette suspension du temps
[de tous les jours,
une brèche délibérée dans le temps des paroles.
Et là nous ressentîmes ce que d'autres à notre place
auraient également éprouvé,
Un contentement certain, quoique tempéré,
d'être parvenus là où nous étions parvenus
Et déjà pourtant le vague désir de nous en retourner,
Une telle coïncidence ne pouvant pas durer
puisque sa croissance serait sa fin.

Élégies, « Élégie 5 », 1990.

39

Jacques Roubaud

En 1983, à l'âge de trente et un ans, mourait Alix Cléo Roubaud, dont Jean Eustache avait montré les photographies en 1980 dans Les Photos d'Alix, *et dont Jacques Roubaud, son mari, fera paraître le* Journal 1979-1983, *en 1984. Publié en 1986, en écho à celui d'Alix,* Quelque chose noir *est comme le journal poétique de ce deuil amoureux.*

ROMAN-PHOTO

Le roman se compose d'aventures racontées dans le temps de leur avènement.

L'importance et le sens de cette contrainte ne sont pas dissimulés. Au contraire il est dit explicitement que les choses racontées se passent dans le temps où elles se racontent.

Mais ce n'est pas pour autant un journal.

Car le présent y parle présent sans être aucunement révolu. Il n'y a pas la discontinuité des dates, des pages, des regrets, du journal.

Il y a quelqu'un, un homme. Il n'est pas nommé. Il y a sa jeune femme, qui est morte.

Le roman se passe dans plusieurs mondes possibles. Dans certains, la jeune femme n'est pas morte.

Le temps est le présent, le temps de chaque monde possible est le présent.

Les bruits, les époques, même les saveurs, sont écrits à la lumière, et les nuages. C'est ce qui, plus que tout, montre le respect de la contrainte qui gouverne la composition du roman.

Quand il n'y a plus qu'un seul monde, où elle est morte, le roman est fini.

ROMAN, II

C'est un autre roman encore, peut-être le même.

Un homme abandonné, à cause d'une mort, reçoit un coup de téléphone. Ce coup de téléphone est un appel de la femme aimée, et morte.

Il reconnaît sa voix. Elle appelle d'un monde possible, autre, en tout point semblable à celui auquel il est habitué, avec cette seule différence que, dans ce monde, elle n'est pas morte.

Mais que dira-t-il ? que s'est-il passé dans ce monde-là en trente mois ? que lui dira-t-elle ? comment entrerait-il dans ce monde où l'horreur n'a pas eu lieu, ce monde à la mort abolie, où la lutte continue contre la mort, où ils s'obstinent à ce combat qui ici, dans le monde où il est encore au moment où il décroche l'appareil, a été perdu ?

Il décrochera, et il entendra sa voix. Le monde où il est encore (le téléphone vient de sonner mais il n'a pas encore bougé la main pour répondre) sera oublié.

Ce monde n'aura pas été. Il n'aura été que comme monde possible, où ce fut la mort qui fut, et non la vie. Un monde auquel il continuera de penser tout le temps, quoiqu'il ne soit pas pensable.

Imaginant, dans son imagination, quand il sera dans ce monde, celui où elle serait morte. Mais il ne sera pas, en fait, capable de vraiment se l'imaginer.

Le téléphone ne sonne pas. Tant qu'il ne sonne pas le nouveau monde, le monde possible est encore possible. Il est encore possible que le téléphone sonne, et que la voix qui vienne soit la voix de la femme aimée, et morte. Ayant cessé d'être morte, ne l'ayant jamais été.

Le téléphone sonnera, la voix que l'homme abandonné à cause de la mort entendra ne sera pas celle de la femme aimée. Ce sera une autre voix, une voix quelconque, il l'entendra. Cela ne prouvera pas qu'il est vivant.

ROMAN, III

Cette année-là, les nouvelles ne furent pas bonnes. L'un mourut avant le printemps, d'un cancer du poumon. Son dernier livre resta inachevé. Il y travailla jusqu'au dernier moment.

Juste après, au printemps, un autre toussa. C'était un cancer encore, du poumon encore. Il lui rendit visite après l'opération. Il y avait un parc où attendre, parmi du soleil. En regardant la radio, on voyait très bien l'absence, nouvelle, d'un poumon : par comparaison, un manque d'ombre sur le cliché. Seul un arc noir, vers le haut.

À la fin d'août, l'homme dont nous parlons se rendit à La Bourboule chercher sa femme, pour rentrer avec elle à Paris. Il changea trois fois de train, sur de petites lignes. Il l'attendit à la sortie de l'établissement de bains et ils marchèrent en remontant la Dordogne, jusqu'en dehors de la ville, où ils s'embrassèrent. Il était onze heures du matin et trop tôt pour aller dans la chambre, à l'hôtel. Son dos s'était doré, elle respirait mieux.

En décembre, en somme, tout était encore possible. Le premier janvier de l'année suivante (l'année dont nous parlons), elle colla leurs deux noms sur la porte, avec la date en dessous, suivie d'un point d'exclamation :

19.. !

Vue d'après, cette année-là lui semble presque paradisiaque : les dernières photographies, comme allégées de l'angoisse, brusquement : le bébé de Dian, les yeux de la mère, une image de Jean E., dans un contour doublé d'un reflet, sa main didactique.

Il peut interpréter cela comme une prescience, des adieux. Les images ne s'en trouvent pas alourdies.

Il se souvient de bonheurs légers, clairs, précaires. Les heures bavardes dans la cuisine, Christmas shopping in Manchester.

Les nuages tournant dans les carreaux de miroir disposés, collés contre le mur à gauche des oreillers. Les nuages, ainsi, entrant dans le golfe de toits à gauche de l'église les regardaient, ensemble, l'après-midi. Puis ils s'embrassaient.

Mais, c'est vrai, cette année-là les nouvelles ne furent pas bonnes.

Quelque chose noir, 1986.

Sources et crédits des textes

Idées de l'amour

Marsile FICIN, *Commentaire sur le Banquet de Platon*, deuxième discours, chapitre VII, « Exhortation à l'Amour. De l'Amour simple et de l'Amour réciproque », traduit du latin par Pierre Laurens, Les Belles lettres, collection « Les classiques de l'humanisme », Paris, 2002, pp. 155-158. **© Les Belles Lettres, Paris, 2002, pour la traduction française.**

Raymond LULLE, *Le Livre de l'Ami et de l'Aimé*, § 44 à 56 et § 221 à 228, traduit du catalan par Patrick Gifreu, éditions de la Différence, Paris, 1989, pp. 41-47 et pp. 119-123. **© Éditions de la Différence, Paris, 1989, pour la traduction française.**

André BRETON, *L'Amour fou*, 1937, Gallimard, Collection blanche, Paris, pp. 9-11. **© Gallimard, 1937.**

Giorgio AGAMBEN, *Idée de la prose*, « Idée de l'amour », traduit de l'italien par Gérard Massé, Christian Bourgois éditeur, Paris, 1998, p. 43. **© Christian Bourgois éditeur, Paris, 1998, pour la traduction française.**

Le visible et l'invisible

Blaise PASCAL, *Pensées*, § 688 [Lafuma] – § 323 [Brunschvicg], éd. Brunschvicg, 1897.

Paul GADENNE, *Siloé*, Seuil, Points n° 1212, 2004, pp. 328-331. **© La Rue Profonde, Layrac.**

Paul VALÉRY, *Cahiers*, volume II, « Éros », Gallimard, Bibliothèque de la Pléiade, Paris, 1988, p. 453 et p. 462. **© Gallimard, 1988.**

Milan KUNDERA, *L'Insoutenable Légèreté de l'être*, traduit du tchèque par François Kérel, Gallimard, Folio n° 2077, 1989, p. 285-288. **© Gallimard, 1984, pour la traduction française.**

Pascal QUIGNARD, *Vie secrète*, chapitre XXVII, « Clelia », Gallimard, Paris, 1998, pp. 248-256. **© Gallimard, 1998.**

L'autre

Vladimir JANKÉLÉVITCH, *Le Traité des vertus*, tome II, « Les vertus et l'amour », Bordas, Paris, 1970, pp. 978-980. **© Flammarion.**

Emmanuel LEVINAS, *Le Temps et l'autre*, « L'Éros », Fata Morgana, Paris, 1979, pp. 77-82. **© Fata Morgana, 1979.**

Rainer Maria RILKE, *Œuvres, III, Correspondance*, « Années de voyages », lettre 87, traduit de l'allemand par Blaise Briod, Philippe Jaccottet et Pierre Klossowski, Seuil, Paris, 1976, pp. 194-196. **© Éditions du Seuil, 1976, pour la traduction française.**

René GIRARD, *Mensonge romantique et vérité romanesque*, Hachette, coll. Pluriel, Paris, 2003, pp. 26-31. **© Éditions Grasset & Fasquelle, 1961.**

Jalousie

Baruch SPINOZA, *Éthique*, troisième partie, « De l'origine et de la nature des affectations », proposition XXXV, traduit du néerlandais par Charles Appuhn, Flammarion, G.F. n° 57, Paris, 1993, pp. 168-169. **© Flammarion, 1965, pour la traduction française.**

Pierre CHODERLOS DE LACLOS, *Les Liaisons dangereuses*, lettre LXXXI, Flammarion, G.F. n° 758, Paris, 2006, pp. 260-271.

Marcel PROUST, *La Prisonnière*, in *À la recherche du temps perdu*, tome III, Gallimard, Bibliothèque de la Pléiade, Paris, 1988, pp. 91-94.

STENDHAL, *La Chartreuse de Parme*, livre premier, chapitre VII, Flammarion, G.F. n° 1424, Paris, 2009, pp. 214-220.

Rencontres

André BRETON, *L'Amour fou*, 1937, Gallimard, Collection blanche, Paris, pp. 50-54. **© Gallimard, 1937.**

Charles BAUDELAIRE, *Les Fleurs du mal*, poème XCIII, « À une passante », 1857.

Rainer Maria RILKE, *Lettres à un jeune poète*, lettre VII, in *Œuvres, I, Prose*, traduit de l'allemand par Bernard Grasset, Seuil, Paris, 1966, pp. 334-338. **© Éditions du Seuil, 1966, pour la traduction française, nouvelle édition, 1972.**

Marcel PROUST, *Contre Sainte-Beuve*, « Journées », Gallimard, Idées n° 81, Paris, 1965, pp. 90-94.

La vie amoureuse

Roland BARTHES, *Fragments d'un discours amoureux*, « La lettre d'amour », Seuil, Paris, 1977, pp. 187-189. **© Éditions du Seuil, 1977.**

Thomas MANN, *La Montagne magique*, traduit de l'allemand par Maurice Betz, Fayard, Paris, 1985, pp. 364-367. **© Librairie Arthème Fayard, 1931, pour la traduction française.**

Friedrich NIETZSCHE, *Ainsi parlait Zarathoustra*, première partie, « De l'enfant et du mariage », traduit de l'allemand par Maurice Betz, Le Livre de poche, Paris, 1963. **© Gallimard, 1961, pour la traduction française.**

Hannah ARENDT, *Vies politiques*, « Isak Dinesen », traduit de l'anglais par E. Adda, Gallimard, Les Essais CXC, Paris, 1974, pp. 124-125 et pp. 127-129. **© Gallimard, 1974, pour la traduction française.**

Amour, plaisir, jouissance

Jean-Jacques ROUSSEAU, *Julie ou la Nouvelle Héloïse*, première partie, lettre LV, Flammarion, G.F. n° 148, Paris, 1967, pp. 97-99.

Maurice MERLEAU-PONTY, *Signes*, chapitre XII, partie VII, « Sur l'érotisme », Gallimard, Paris, 1960, pp. 385-387. **© Gallimard, 1960.**

Georges BATAILLE, *L'Érotisme*, « La sensualité, la tendresse et l'amour », Minuit, coll. Arguments, Paris, 1957, pp. 265-268. **© Éditions de Minuit, 1957.**

Georges BATAILLE, *Madame Edwarda*, 10-18, Paris, 1973, pp. 32-35. **© Pauvert, département des éditions Fayard, 1956, 2000.**

Mehdi BELHAJ KACEM, *L'Essence n de l'amour*, J'ai Lu n° 9119, Paris, 2010, pp. 22-24. **© Éditions Tristram, Auch / Librairie Arthème Fayard, Paris, 2001.**

Baisers et caresses

Marcel PROUST, *Albertine disparue (La Fugitive)*, in *À la recherche du temps perdu*, tome IV, Gallimard, Bibliothèque de la Pléiade, Paris, 1989, pp. 497-498.

Søren KIERKEGAARD, *Le Journal du séducteur*, in *Ou bien… ou bien*, traduit du danois par F. et O. Prior & M.H. Guignot, Gallimard, TEL n° 85, 1988, pp. 323-324. **© Gallimard, 1988, pour la traduction française.**

William SHAKESPEARE, *Roméo et Juliette*, acte V, scène 3, traduit de l'anglais par Pierre-Jean Jouve et Georges Pitoëff, Flammarion, G.F. n° 669, 1992, pp. 251-255. **© Flammarion, pour la traduction française.**

Jean-Paul SARTRE, *L'Être et le néant*, Gallimard, Paris, 1943, pp. 458-460. **© Gallimard, 1943.**

Emmanuel LEVINAS, *Le Temps et l'autre*, « L'Éros », Fata Morgana, Paris, 1979, pp. 82-84. **© Fata Morgana, 1979.**

Perte

Guillaume APOLLINAIRE, *Poèmes à Lou*, poème XII, « Si je mourais là-bas… », 1re édition sous le titre *Ombre de mon amour*, Pierre Cailler, Vésenaz près Genève, Suisse, 1947.

Roland BARTHES, *Fragments d'un discours amoureux*, « L'exil de l'Imaginaire », Seuil, Paris, 1977, pp. 123-126. **© Éditions du Seuil, 1977.**

Emmanuel HOCQUARD, *Élégies*, « Élégie 5 », P.O.L., Paris, 1990, pp. 71-78. **© P.O.L., 1990.**

Jacques ROUBAUD, *Quelque chose noir*, « Roman photo », « Roman I » et « Roman II », Gallimard, Paris, 1986, pp. 51-56. **© Gallimard, 1986.**

Table

III
L'AUTRE

IV
JALOUSIE

V
RENCONTRES

VI
LA VIE AMOUREUSE

VII
AMOUR, PLAISIR, JOUISSANCE

VIII
BAISERS ET CARESSES

IX
PERTE

Mise en page par Meta-systems
59100 Roubaix

N° d'édition : L.01EHQN000575.N001
Dépôt légal : février 2013
Imprimé en Espagne par Novoprint (Barcelone)